Laurent Malot

Que Dieu lui pardonne

roman

XO ÉDITIONS

ISBN : 978-2-37448-268-2

« Toutes les violences ont un lendemain. »

Victor Hugo

1.

Cent kilomètres au nord, il y a Eastbourne, une autre langue, une autre culture, d'autres gens. Si ça ne suffit pas, plus haut, il y a Londres et l'aéroport d'Heathrow, qui dessert tous les pays du monde. En attendant, il y a Fécamp, loin des Yvelines. C'est joli, Fécamp : le palais Bénédictine, le phare de la jetée nord, le sémaphore du cap Fagnet, d'où l'on domine tout. Au creux du vieux blockhaus, à l'abri du vent, les images de l'Histoire défilent. Ils sont tous morts, ceux qui ont débarqué en 1944, un peu plus à l'ouest. Une opération insensée, il fallait faire vite, forcer le passage, gravir des falaises de plusieurs dizaines de mètres pour ne pas tomber sous les balles. « Si tu traverses l'enfer, ne t'arrête pas. » Cette phrase de Churchill est gravée sur mon cœur, l'endroit le plus dur que j'ai trouvé. J'ai misé sur Fécamp pour l'attendrir. Je suis là pour recommencer, faire comme a dit Boris Cyrulnik à propos de la résilience. À l'origine, c'est un terme technique consistant à redonner à une pièce de métal sa forme originelle après un choc. Mon cœur est une pièce d'acier.

Je suis arrivée le 20 août, il y a une semaine. J'ai vite trouvé des heures de ménage et de repassage dans un hôtel du centre-ville, un mi-temps non déclaré. J'ai aussi déposé des annonces pour faire du baby-sitting. Ce que je gagne ne me permet pas de payer intégralement le loyer du studio que j'occupe. Hélo va m'aider. Elle s'est déjà portée garante auprès de l'agence immobilière et versera sur mon compte trois cents euros tous les mois. Elle payera aussi mon abonnement Internet et mon forfait mobile. Pour le reste, je ne ferai pas de folies. Hélo, c'est Héloïse, ma tante. L'argent qu'elle me donne compense sa culpabilité. Je ne lui en veux pas, elle a peur, comme tout le monde.

Dans six mois, je serai majeure. Tout sera plus simple, parce que légal. Je cotiserai pour le chômage, la maladie, je payerai des impôts et j'aurai droit à des aides sociales. Ce serait déjà le cas si j'étais émancipée, mais pour ça, il faudrait l'accord de mes parents. Hors de question de leur demander quoi que ce soit. Ils font partie de la vie d'avant. Je l'ai raturée jusqu'à ce qu'il ne reste plus qu'un affreux gribouillage.

Du haut du cap Fagnet, la mer est magnifique. Le vent souffle sur la falaise, juste assez pour rafraîchir l'air. À la fin du mois d'août, des enfants se baignent encore sous l'œil de mères qui ne lisent leur livre qu'en diagonale, de peur qu'ils ne se noient. C'est un instinct. Plus loin, une planche à voile tire des bords à toute vitesse. Au large, des voiliers ondulent. Il en faut pour tout le monde, à chacun son rythme.

J'ai jusqu'à mercredi, jour de rentrée des classes, pour me familiariser avec les rues de Fécamp. Je repère le chemin le plus court pour aller au lycée, je teste les éclairs au chocolat dans les boulangeries, c'est mon péché mignon.

L'après-midi, je fais la sieste. Ça ne dure jamais longtemps, je me réveille avec des douleurs dans les jambes à cause de ce cauchemar récurrent : je cours, mais je n'avance pas, engluée dans une boue épaisse. Chaque fois, je me fais rattraper ; je lutte, m'agite et ouvre les yeux, juste avant la souffrance. J'ai l'habitude.

Dans le jardin du palais Bénédictine, un homme d'origine africaine, dreadlocks, sandales et chemise orange vif, joue de la guitare. Il ne fait pas la manche, il compose. Il me remarque et sourit, il a trois fois mon âge. Je crois sourire en retour mais, dans le rétroviseur de mon vélo, mon visage reste figé. Je savais sourire, avant.

Le soir, je m'allonge sur mon lit pour lire. J'ai emporté l'essentiel : mes livres d'architecture écologique. Je vénère Norman Foster, une référence mondiale. Millau lui doit son viaduc, Londres son 30 St Mary Axe, un gratte-ciel tout en spirale au cœur de la City. Je pioche aussi chez William McDonough ou Charles Correa, ou encore Laurie Baker, pionnier dans le respect de l'environnement. Je peux étudier la construction durable, la gestion des déchets, l'utilisation des énergies alternatives pendant des heures. La France est un mauvais élève. Après le bac, je m'inscrirai en école d'architecture. Fin juin, je quitterai Fécamp et poursuivrai ma route. Je ne suis ici que pour enterrer l'avant et bâtir l'après.

2.

— Tu essayes une fois ; si ça ne te plaît pas, tu arrêtes.

— Tu n'arrêteras pas. Je n'ai jamais vu quelqu'un essayer et arrêter.

La première s'appelle Clara, la seconde Maureen. On est dans la même classe de terminale. On n'a pas été amies tout de suite ; les premiers jours, j'ai tout fait pour qu'on ne me remarque pas. Normalement, je maîtrise l'invisibilité.

— En plus, ça te changera ! Si tu ne sors pas la tête des cours et de ton hôtel, tu vas nous faire un burn out, ma vieille !

— De toute façon, on a dit à Déborah que tu venais.

Je sens la vie en elles. Toutes deux ont l'énergie qui me fait défaut.

Maureen et Clara esquissent quelques pas de danse, en pleine rue, sans se soucier des regards. Elles sont souples et gracieuses, alors que je suis tout en raideur. Je viendrai pour leur faire plaisir, pour entrouvrir une porte que je refermerai sous un prétexte qui ne souffrira aucune discussion. Ça aussi, je maîtrise.

— Il y aura Noun ! jubile Clara.

Je n'ai pas bien compris le nom et vois encore moins de qui il peut s'agir.

— Tu connais pas Noun ? Tu vas l'adorer ! C'est la cool attitude, ce mec ! Tu parles dix minutes avec lui, tu es zen comme si tu avais enchaîné sauna et jacuzzi toute la journée !

Je n'ai jamais fait ni l'un ni l'autre. Par pudeur, par peur aussi. Tout comme je n'ai toujours pas osé mettre la robe achetée à la brocante. La seule folie à laquelle j'aie cédé concerne mes cheveux. Depuis trois jours, ils ont une couleur chocolat qui fait ressortir le vert de mes yeux. J'ai à présent la même coupe que le modèle sur la photo que Maureen m'a montrée un matin, en arrivant au lycée. Je me suis laissé convaincre et j'ai déboursé soixante euros chez le coiffeur. Quand je me suis découverte dans la glace, j'ai retenu mes larmes. Depuis combien de temps ne m'étais-je pas trouvée jolie ? Maureen n'y est pas allée par quatre chemins lorsque je suis sortie du salon :

— Je préférais quand tu étais moche, parce que là, on va toutes passer pour des clodos à côté de toi !

Encore une fois, j'ai failli pleurer. Les compliments aussi, j'avais oublié.

Mon studio en rez-de-chaussée possède un balcon. Trois mètres carrés, suffisant pour y installer une chaise et une table. Un mug de thé, de la musique dans les oreilles, je joue mon rôle de lycéenne.

Les dérivées et leur sens de variation ne me posent pas de problème, les calculs s'enchaînent bien jusqu'au moment où apparaît, le long de l'arête du mur mitoyen, la tête d'un enfant pour qui la discrétion n'a visiblement aucun sens. Ce n'est même pas une tête, seulement deux yeux, un front plissé et une tignasse ébouriffée. Il va se lasser. Une fois qu'il m'aura détaillée, il retournera jouer chez lui. Il semble inoffensif, mais il me met mal à l'aise. Et reste là.

— Qu'est-ce que tu veux ? Tu n'as rien d'autre à faire ?

J'obtiens pour seule réponse un haussement de sourcils et des yeux encore plus ronds. Il n'a pas compris. Peut-être parle-t-il une autre langue ? L'idée qu'il ne soit pas normal m'effleure. Et s'il était autiste ? Il fait des choses bizarres sans s'en rendre compte.

— Tu habites ici ? On est voisins, c'est ça ?

Pas davantage de réponse.

— Bon, tu dis quelque chose ou tu restes là comme une nouille ?

— T'es mieux avec les cheveux marron !

Ce gosse n'a rien de débile. En une phrase, il m'a désarmée.

— On ne dit pas marron, mais chocolat.

— Tu t'appelles comment ?

— Maya.

— Comme l'abeille ?

— C'est ça. Sans les rayures. Et toi ?

— Lucien Archin. J'ai six ans, je suis le dernier. Celui qui vomit tout le temps.

— Enchantée.

— Tu fais tes devoirs ?

— Des maths. Tu es en quelle classe ?

— En CP.

— Tu apprends à lire ?

— Je sais déjà !

Il doit confondre lire et déchiffrer. De l'autre côté de la rue, des panneaux s'étalent en quatre par trois.

— Tu pourrais lire ce qui est écrit sur la publicité de gauche ?

Lucien tourne la tête vers la pancarte, s'y arrête un instant, puis revient sur moi pour reprendre son interrogatoire :

— Tu bois quoi ?

— Du thé.

— T'aimes bien ?

— Oui. Tu vas me poser des questions intéressantes comme ça tout l'après-midi ?

— J'ai deux sœurs et un frère.

Une voix féminine l'interrompt, lui demandant de « ramener son cul ».

— C'est Léna, la plus grande. Faut que j'y aille, sinon elle va encore gueuler !

Fin de la conversation. De la même manière qu'il est apparu, le gnome se volatilise. Je tends l'oreille, mais ne perçois aucun bruit. Je range feuilles et cahier, enroule mes écouteurs lorsque la voix de Lucien, revenu sans que je l'entende, me fait sursauter :

— La pub dit qu'il y a des appartements à vendre, du studio au cinq-pièces, écoles et commerces à proximité. Moi, j'aime pas le thé, ça me fait vomir. Salut !

3.

Comme promis, Noun est là. C'est le guitariste camerounais à qui je n'ai pas su rendre son sourire dans le jardin du palais Bénédictine. Cette fois, il joue du djembé. Il m'a reconnue dès que je suis entrée et m'assure que la séance va me faire du bien.

Il faut que je me fasse violence. Autour de moi, dix filles à l'aise avec leur corps rient de plaisir. Il paraît qu'il suffit de se laisser porter par la musique. Ça ne marche pas avec moi, toutes les tensions paralysent mon corps. Bras, jambes, tête, rien ne répond. Je me vois dans la glace, momie ridicule, incapable de suivre le rythme.

Déborah, le maintien impeccable et la démarche gracieuse des profs de classique, m'observe du coin de l'œil. Dès mon arrivée, elle a senti mon stress. Je lui ai expliqué que j'étais là pour un cours d'essai, elle a dit « d'accord » avec un sourire bienveillant. Elle fait signe à Noun de continuer et s'approche de moi :

— Viens, on sera plus tranquilles par là.

Fin du calvaire. Je la suis dans le couloir sans que la raideur me quitte, le regard vide. C'est comme ça que je faisais, avant : obéissante, silencieuse, désincarnée. Ne plus rien voir, ne plus rien entendre pour, au bout du compte, ne plus rien sentir. Déborah attend qu'on soit au calme pour me demander pourquoi je suis là.

— Ce n'était pas mon idée, des amies m'ont poussée à venir.

— Tu aurais pu refuser.

— Elles ont insisté et vous ont dit que je serais présente.

— Effectivement. Et tu es là. Ça signifie qu'une part de toi en avait envie…

Ce n'est ni une question ni une affirmation, juste une phrase laissée en suspens.

— Cette part de toi, il faut que tu lui donnes une chance, sinon elle t'en voudra. Elle pensera que tu l'as trahie. C'est toi que tu trahiras si tu sors d'ici sans avoir vraiment essayé.

À une autre, je rétorquerais qu'elle peut se mêler de ses affaires, qu'elle ne sait rien de moi, et que, si j'ai envie de partir, je pars. Pas un mot ne franchit mes lèvres. Sans doute à cause de la force qui se dégage de cette femme. Elle aussi cache des douleurs, je le devine.

— Voici ce que je te propose : on va éteindre les lumières de la salle. On va toutes danser dans le noir. Je resterai avec toi jusqu'à ce que tu te libères et, quand je te sentirai prête, je te lâcherai. Tu es d'accord ?

Des mains invisibles essorent mon ventre. J'ai besoin de savoir pourquoi elle fait ça pour moi.

— C'est ça, la danse. On reçoit, on donne. Qu'est-ce que tu pourras donner sur scène demain si tu ne reçois rien aujourd'hui ?

De retour dans la salle, elle éteint les lumières et me guide au milieu des filles qui ont l'habitude de ces séances à l'aveugle. Noun joue d'abord sur un rythme lent, puis accélère progressivement ; Déborah tient mes mains, puis seulement le bout de mes doigts. Dans le noir, je ne distingue que des silhouettes, personne pour me regarder. Je ne vois pas non plus mon reflet dans la glace. La musique devient plus forte et le son du djembé se faufile en moi. J'entends les pieds qui martèlent le sol, je perçois la respiration des filles. Un second cœur commence à battre en moi. Il remplace l'autre, desséché, il prend le contrôle de mon corps et m'oblige à bouger. Je ne sais pas ce que je fais, je sens simplement que je suis en mouvement. Mes pieds martèlent le sol à leur tour. J'ignore depuis combien de temps Déborah m'a lâchée. Des larmes coulent sur mes joues, j'ai envie de crier ; je vois mon père et ma mère, je suis sur une plage, j'ai quatre ans, on court tous les trois, il fait chaud, je ris parce que je suis heureuse, mon cœur bat trop vite, je continue, le bonheur est intense. Profites-en, Maya, on ne sait jamais.

— Alors, je ne t'avais pas dit que tu kifferais ? C'est une autre planète, la danse africaine ! Tu es là et, en même temps, tu n'es pas là. Il paraît que des filles entrent en transe tellement elles vivent le truc !

Je ne sais pas si cette dernière remarque me concerne. Maureen parle fort sur la promenade du boulevard Albert-Ier, sans se soucier d'être entendue par les passants. Clara est du même avis, mais le dit avec moins d'exubérance. Elle espère me voir tous les mercredis.

— Elle a intérêt à revenir, elle a adoré ! Tu as adoré ou pas ?

J'acquiesce, discrètement.

— Voilà ! Elle a adoré. Donc, elle vient.

Les choses vont vite avec Maureen, elle trouve des solutions à tout. C'est elle qui a raison, si on n'est pas insouciantes à notre âge, on ne le sera jamais. Clara est plus posée. Elle veut être avocate pour une ONG écolo. Il n'y a pas que Greenpeace ou le WWF, il y en a d'autres, plus petites, moins bien armées face aux grands pollueurs de la planète. Clara maîtrise son sujet, elle peut en parler des heures. Quand elle ne sait plus s'arrêter, Maureen lui lance qu'elle s'achèterait volontiers un manteau en panda. Elle n'en pense pas un mot, c'est seulement pour la faire réagir.

Il est 22 h 20, on est installées sur le remblai, à la terrasse du *Paddock*, un bar qui a ouvert au début de l'été. Demain, on a cours, mais la vie est trop courte.

— Bonsoir. Je peux m'asseoir avec vous ?

Généralement, dans ce genre de situation, Maureen dégaine une réplique spirituelle et cinglante pour renvoyer l'importun d'où il vient. Pas cette fois. D'abord, parce que c'est demandé gentiment, ensuite, parce que le garçon qui attend une réponse avec le sourire est trop beau pour être vrai. Kit Harington, le Jon Snow de *Game of Thrones*, en blond. Avec les filles, on se regarde, pas très à l'aise alors qu'on est trois face à lui seul. Heureusement, Maureen trouve la sortie :

— Il y en a une de nous qui t'intéresse en particulier ? Parce que si on a toutes nos chances, tu t'assieds, nous, on va se crêper le chignon sur la plage, et la gagnante revient dans cinq minutes.

Jon Snow sourit plus largement encore, il a gagné le droit de se joindre à nous. Il s'appelle Benjamin, a dix-neuf ans et vient d'obtenir son bac pro de marin pêcheur. La saison du hareng ne commence que début octobre, aussi est-il toujours en vacances. Je suis sous le charme, comme les autres, mais je reste discrète.

Fécamp n'est pas Paris : à 23 heures, le bar ferme. On se lève et Benjamin demande s'il peut me raccompagner. Clara me sourit, elle est contente pour moi. Maureen lisse une mèche de ses cheveux pour indiquer que c'est grâce à ma nouvelle coupe et ma couleur chocolat. Ni l'une ni l'autre n'entrevoit la possibilité qu'il n'y ait pas de place dans ma vie pour un garçon. Je sais qu'elles ne vont pas comprendre, mais je décline l'offre. J'en suis désolée. Pour lui, pour elles, pour ma vie d'adolescente qui n'est finalement pas si normale que ça. Maureen mime sa propre pendaison. Avant de s'éloigner, Benjamin propose une prochaine fois, peut-être. C'est ça, une prochaine fois.

Malgré moi, je me sens obligée de m'expliquer auprès des filles. J'en suis même agressive. Non, je ne suis pas lesbienne. Non, je ne me réserve pas pour l'homme de ma vie. Non, je n'ai pas d'a priori sur les marins pêcheurs. Et non encore, je n'ai pas peur de coucher avec un garçon. Enfin, si. C'est compliqué, c'est tout. Ce n'est pas le moment. Ça leur va ou il faut des détails ?

— On ne t'a rien demandé, Maya. On ne te juge pas, tu fais comme tu veux.

Clara a cette faculté de se montrer à la fois ferme et douce. Dans quelques années, vêtue de sa robe noire d'avocate, elle sera redoutable.

Quant à Maureen, elle reste Maureen :

— Moi, ça m'arrange ! Je ne suis pas fan du hareng, mais, exceptionnellement, je veux bien faire une cure !

Lorsqu'on se sépare devant l'entrée de mon immeuble, rue Guillaume-le-Conquérant, je suis encore sous tension. Je remercie les filles pour la danse et force un sourire, qu'elles font semblant de trouver sincère.

Au moment où je m'apprête à ouvrir la porte de mon studio, un homme que je n'ai encore jamais croisé pénètre dans l'immeuble. Il ne dit rien, pas même « bonsoir ». Il sort un trousseau de clefs et ouvre l'autre porte du palier. Je sens son regard me détailler de la tête aux pieds. Il est plutôt frêle, sec même, et perd ses cheveux sur le dessus du crâne. Il ne ressemble pas à Lucien, mais doit pourtant être son père. Il ne m'inspire pas confiance. J'entre chez moi et fais claquer le verrou. Il est tard, je suis fatiguée. Je m'en veux d'être aussi suspicieuse. Il faut que j'accepte de baisser ma garde.

4.

Trois semaines que je suis là. Fécamp est une ville magnifique. Au-delà du style normand de ses bâtiments, de ses jardins fleuris et de son impressionnante falaise de bord de mer, c'est sa lumière qui m'émeut. Elle change au fil de la journée, au gré des reflets sur l'eau. Tantôt elle s'embrase, tantôt elle scintille. Fécamp n'est pas aussi connue qu'Étretat, mais qu'on y tourne un film et elle le deviendra. Un film romantique, une jolie scène au bout du phare, le rouge, celui auquel on accède en empruntant une passerelle de bois. Une jeune femme, appelons-la Maya, s'y promène. Elle s'accoude au parapet, seule devant la Manche qui somnole. Un jeune homme arrive, appelons-le Benjamin, beau comme un dieu. Il s'accoude lui aussi au parapet et regarde dans la même direction. Combien de temps va-t-il rester là sans rien dire ? C'est une torture. Une douce torture. Finalement, il parle, tout en fixant l'horizon :

— Hier, je pensais qu'il n'y avait pas plus bel endroit au monde. Demain, je le trouverai fade. Sauf si tu y es encore.

L'air ne circule plus dans les poumons de Maya, c'est à peine si son sang ne s'est pas figé dans ses veines. Elle prétend qu'elle a mille choses à faire et, d'ailleurs, il faut qu'elle rentre. Une parfaite idiote. Elle laisse Benjamin sur un au revoir atone, puis regagne la terre ferme, remonte sur son vélo et file droit jusque chez elle, consciente d'être la plus nulle des filles de Fécamp. Les films romantiques sont des attrape-nigauds !

Et qu'aurais-je pu faire d'autre ? Lui dire qu'il tombait bien, pile à l'heure pour mettre un peu de piment dans ma vie, et en avant l'amour fou ? Par contre, joli prince, je dois te prévenir : tu ne me touches pas, pas avant que j'aie réglé certains problèmes ; trois fois rien, ça ne devrait pas prendre plus de quinze ans chez le psy. Toujours là, Jon Snow ? Eh non, forcément ! Parti comme une fusée trouver quelqu'un de moins compliqué. Donc, j'ai bien fait. C'est ça. Je suis une idiote qui a bien fait.

— Ils sont où, tes parents ?

— Chez eux.

— Ici, c'est ta maison ?

— Oui.

— Tu vas à l'école et t'as une maison ?

— Je travaille. Ce qui me permet de payer un loyer.

Du haut de ses six ans, Lucien est dubitatif. Une fille comme moi ne peut pas aller au lycée si elle travaille. Encore moins payer le loyer d'un appartement.

Lucien est le benjamin de la fratrie. Sans doute pas le moins futé, même si je ne connais pas les autres. J'ai aperçu Lou, huit ans, Morgan, onze, et j'ai, une fois, croisé Léna dans la rue. Elle n'est pas très avenante. Elle n'a pas répondu à mon bonjour, crie souvent après ses frères et sa sœur, et fume en cachette. Ça n'arrange pas son image, elle n'a que douze ans. L'homme que j'ai vu l'autre soir est leur beau-père, il s'appelle Félix Pigeon et a débarqué dans leur vie il y a quatre ans. Il ne fait pas que hurler, il cogne aussi ; et il n'est pas rare qu'il rentre ivre de son travail – ce qui va généralement de pair. Leur mère est à l'hôpital, en cure de désintoxication ; leur père, aux abonnés absents depuis des années. Lucien ne l'a pas connu, Lou ne s'en souvient pas, Morgan et Léna ne veulent pas en parler.

Lucien a mis au point un regard de cocker pour amadouer les gens. Résultat, on lui passe tout. La preuve, je l'appelle Lulu et l'autorise à jouer sur mon ordinateur portable. Je n'aurais pas dû le laisser entrer. Un lien s'est tissé que je ne peux plus défaire.

— Pourquoi t'as pas la télé ?

— Je ne regarde que des films et mon ordinateur me suffit. Quand tu n'es pas dessus.

— Tu connais les *Transformers* ?

— Je connais, mais je n'ai jamais regardé.

— Morgan et Léna adorent, ils les ont tous vus ; moi, je trouve ça nul.

— Qu'est-ce que tu regardes, alors ?

— Les *Transformers*.

— Je croyais que tu trouvais ça nul !

— C'est ça ou les trucs de filles de Lou. Je les regarde aussi, mais c'est encore plus nul.

Lucien me fait ses yeux de cocker. Il porte toute la misère cinématographique sur ses épaules. J'ai autre chose à lui proposer :

— Tu connais *E.T.* ?

Il secoue la tête, tout en sachant qu'il a déjà gagné.

— C'est l'histoire d'un extraterrestre qui débarque sur Terre et que ses copains oublient en repartant. Il est recueilli par Elliot, un garçon de dix ans.

— Ça a l'air tout pourri, mais j'veux bien regarder.

J'ai des choses à faire pour le lycée et le film dure deux heures, pourtant, je cède. D'abord, parce que c'est mon film préféré, ensuite, parce que j'aime la compagnie de Lucien. Il va voir, si c'est tout pourri !

5.

Mercredi, pour la première fois, j'ai raté le cours de danse. Un baby-sitting de dernière minute, six heures qui ont épongé celles que Mme Lavigne, la patronne de l'hôtel où je travaille, ne m'a pas payées. N'étant pas déclarée, je ne peux rien dire quand elle m'arnaque. Et je n'ai aucun intérêt à la dénoncer, mes dix-huit heures hebdomadaires me sont indispensables pour vivre.

Je suis repartie un peu après minuit. Lorsque je suis arrivée rue Guillaume-le-Conquérant, une voiture m'a frôlée. J'ai cru que le conducteur l'avait fait exprès, mais non, il ne m'a pas vue, malgré les phares sur mon vélo. J'aurais pu tomber sans qu'il s'en aperçoive. Il s'est garé un peu plus loin, en travers du trottoir. J'ai compris qu'il avait bu et j'ai deviné de qui il s'agissait : Félix Pigeon. Je n'ai pas voulu rentrer en même temps que lui. La première fois, je n'avais pas aimé sa façon de me regarder. J'ai attendu de voir de la lumière chez lui, j'ai bien fait. Je l'ai su quelques minutes plus tard, au moment de prendre ma douche. Ça a commencé par une porte qui claque, puis un cri. Je n'ai pas reconnu la voix de Lucien, ce devait être celle de Morgan, dont il partage la chambre, tiré de son sommeil pour je ne sais quelle raison. Aucune n'est valable à cette heure de la nuit, elles peuvent toutes attendre le matin. Après le cri, il y a eu une gifle, puis une autre et encore un cri. Une porte s'est alors ouverte violemment et la voix de Léna a tonné :

— Lâche-le, connard, il a rien fait !

Les cloisons ne sont pas épaisses, j'aurais presque pu entendre la respiration de Félix, petit monstre hébété par l'alcool, trop heureux de pouvoir sévir en toute impunité.

— Qu'est-ce que t'as, toi, la merdeuse ? T'en veux aussi, c'est ça ? Viens, on va s'expliquer.

Ils sont allés dans la cuisine. J'ai ouvert à fond le robinet de ma douche pour que le bruit de l'eau m'assourdisse. Je suis restée là pendant que les coups pleuvaient de l'autre côté du mur. J'ai entendu la voix de Félix, toujours plus haineuse, les mots qui font mal, qui rabaissent et ne s'effacent jamais, mais pas celle de Léna. J'ai su d'instinct qu'elle était en train de serrer les dents, d'encaisser en attendant que ça passe, comme un sparring-partner payé pour ça sur un ring. Pas moyen de faire autrement. Juste se taire, ne pas exciter la fureur de la bête, protéger au mieux les endroits sensibles, les côtes, les oreilles, les seins naissants. Les symboles de la féminité sont toujours une cible privilégiée pour les types comme Félix. Lorsque j'ai fermé le robinet, je n'ai plus perçu que les pleurs étouffés des garçons derrière le mur. J'ai ressenti une fatigue familière et j'ai eu honte. Honte d'avoir tout fait pour ne pas entendre, honte de ne pas avoir appelé la police, honte de n'avoir pas hurlé pour dire que j'étais témoin. Je ne suis pas meilleure que les autres. J'ai laissé faire. Les sanglots des garçons ont duré.

J'ai pleuré moi aussi, j'ai caressé le mur du bout des doigts, comme pour leur souffler que c'était fini, que maintenant, il fallait dormir.

Fécamp n'est pas la plus belle ville du monde. La nuit, des bêtes rôdent et sèment la terreur.

— Alors, p'tite tête, t'arrives pas à suivre la vieille ?

La vieille, c'est moi, en danseuse sur mon vélo parce que ça monte raide. On aurait pu prendre la route du Phare, on a préféré couper par la sente Bellet. Je pédale à mille tours minute et pourtant, je n'avance pas. Mes cuisses et mes mollets me brûlent depuis le début de l'ascension, pas assez pour que je regrette d'être là. On voit de près les plus belles maisons de Fécamp, celles avec des baies vitrées qui donnent sur la Manche.

La « p'tite tête », c'est Lucien. Il est à vélo, lui aussi. Ses cheveux volent au vent, il ahane bouche ouverte, il est heureux, ses yeux ne trompent pas. Quand ça montera un peu moins, je le laisserai passer en faisant semblant d'être à bout, il sera content.

C'est moi qui suis allée frapper à sa porte. Je savais que Félix n'était pas là. Je m'attendais à voir Léna, elle était sortie. Lucien est accouru avec un grand sourire. Morgan aurait bien voulu venir, mais il devait rester pour surveiller Lou. La petite n'aime pas quitter sa chambre, c'est son paradis. Elle s'invente des histoires avec ses poupées, ça dure des heures et personne ne peut l'en extirper. À part Félix, quand il rentre et se met à crier.

Depuis le chemin qui longe la falaise, on distingue Étretat. À l'est, les éoliennes tournent à plein régime. Le vieux blockhaus, lui, continue de fixer l'horizon. J'ai pensé à prendre le goûter : deux éclairs au chocolat et du lait chaud avec du miel dans un thermos. C'est pour Lucien, pour lui faire découvrir les petits plaisirs qui ne coûtent rien.

— Je suis déjà venu, dit-il en roulant à ma hauteur. Avec mon frère, mes sœurs et ma mère.

C'est la deuxième fois qu'il me parle d'elle, l'endroit doit raviver des souvenirs.

— C'était quand elle était pas malade.

— Ça fait combien de temps que tu ne l'as pas vue ?

— Je sais pas. Elle devait venir à un Noël quand j'avais quatre ans, mais elle a pas pu. C'est Félix qui lui a apporté ses cadeaux à l'hôpital.

J'ignore pourquoi Félix habite encore avec eux. Ce serait mieux pour tout le monde s'il partait refaire sa vie ailleurs, il serait tranquille, pas de comptes à rendre, pas de mômes dans les pattes pour gâcher sa petite existence ; eux seraient placés en foyer ou dans une famille, sans garantie d'être ensemble, mais loin des coups et des mots qui font mal.

En arrivant devant le blockhaus, on abandonne nos vélos. On se glisse à l'intérieur, on se prend pour des soldats allemands découvrant l'armada alliée au matin du 6 juin 44. Impossible de résister au plaisir de jouer à la guerre, alors que cet amas de béton est le témoin de la mort de milliers d'hommes. Seule, j'aurais songé à me recueillir, mais là, je suis l'*Oberleutnant* Maya ordonnant au *Feldwebel* Lucien d'alerter l'état-major. C'est le débarquement, tous à vos postes ! S'ils mettent un pied en Normandie, la bataille est perdue !

On joue pendant une demi-heure, prenant nos rôles au sérieux. Des centaines de barges abordent la côte, toutes bondées de soldats américains, anglais et canadiens. Les bateaux alliés, au loin, déversent une pluie d'obus, mais notre blockhaus tient bon. Comme tous les garçons, Lucien imite parfaitement le bruit de la mitrailleuse. Il improvise, lance des grenades, prend peu à peu les commandes des opérations, me criant des ordres que je ne comprends pas. Jusqu'au moment où il est touché. Un obus à l'épaule, rien que ça. Il est allongé par terre, respire à peine ; il m'attire auprès de lui pour que je recueille ses dernières volontés. Il me chuchote à l'oreille qu'on ne peut pas lâcher la position, question d'honneur. Je suis épatée par son jeu d'acteur, je ne sais pas où il va chercher tout ça. Il se relève, l'énergie du désespoir. Il reprend son poste et me hurle qu'on va gagner cette putain de guerre. Il fait d'autres bruits, plus tellement d'époque. Une visière invisible s'abaisse devant son visage, des blindages apparaissent partout sur son corps, sa voix devient métallique. Le *Feldwebel* Lucien se change en machine, l'ennemi n'a aucune chance face à ses lasers qui balayent la plage. Au large, les bateaux explosent les uns après les autres, fallait pas l'énerver, la pitié ne fait pas partie du vocabulaire d'un Transformers.

— C'est qui, ton amoureux ?

Après l'action, le repos du guerrier. Ça arrive sans crier gare, je commence à avoir l'habitude.

— Je n'en ai pas.

— Tu devrais, t'es belle !

Dit la bouche pleine de chocolat, c'est inhabituel, mais ça ne manque pas de charme. Vieillis de quinze ans et demande-moi en mariage, Lucien, j'accepte sur-le-champ !

— Moi, j'ai deux amoureuses. Chloé et Lili. Chloé, c'est la plus jolie, mais Lili est plus marrante.

Trop tard, la place est prise.

On discute de tout et de rien, on profite d'être ensemble. L'envie de parler de la violence de Félix me traverse, mais le courage me fait défaut. L'instant serait gâché et je ne veux pas faire des promesses que je ne pourrai pas tenir. Assis au bord de la falaise, on regarde les vagues lécher la plage cent mètres plus bas. C'est l'endroit idéal pour s'envoler.

— Si t'avances, tu te croûtes comme une bouse ! Y a un gars qu'a sauté, au printemps. Ben, il est mort, m'explique Lucien.

— Si tu prends de l'élan avec ton vélo, tu peux t'envoler. E.T. le fait bien !

Je ne dois pas être aussi convaincante que je le voudrais. Il est marrant, lui ! Il vient de décimer toute la flotte alliée, de teinter la mer en rouge sang, et je ne peux même pas plaisanter avec un joli saut dans le vide !

Dix minutes plus tard, on dévale la sente Bellet en direction du port de plaisance. On est à l'abri du vent et il fait moins froid. Lucien s'arrête, descend de vélo et s'approche d'un muret. Je ne comprends pas tout de suite, puis je me souviens de ce qu'il m'a dit la première fois qu'on s'est vus : « Je suis le dernier. Celui qui vomit tout le temps. » J'avais oublié cette petite fantaisie. Apparemment, le lait chaud et l'éclair au chocolat n'ont pas fait bon ménage dans son ventre. Je pose mon vélo pour venir l'aider, mais il tend la main vers moi d'un signe qui veut dire « pas besoin, j'ai l'habitude ».

— Ça y est, c'est bon !

Il remonte en selle comme si de rien n'était, on peut repartir. J'adore ce gamin !

6.

J'ai encore perdu un kilo, le quatrième depuis la rentrée. Je connais le seuil sous lequel je ne dois pas passer, j'en suis proche. Je sais ce qui arrive ensuite : je fais des malaises, j'enchaîne les migraines et j'attrape tous les virus qui traînent. Je ne peux pas me le permettre, pas dans ma situation.

J'ai déjà pesé moins de quarante kilos quand j'avais quatorze ans. J'ai même été hospitalisée. On m'a perfusée, j'avais une tête de zombie, mais je m'en moquais parce que j'étais mieux qu'à la maison. Les infirmières étaient gentilles, les médecins aussi. J'y ai croisé la seule psychologue qui a osé dire à mes parents que le problème ne venait pas forcément de moi. Au moins a-t-elle essayé. Un docteur, également, le leur a suggéré. Je revois leur tête dans le couloir. Celle de ma mère, blême, craignant que je déballe tout. Et celle de mon père, d'abord sur la défensive, puis contre-attaquant comme il sait le faire :

— Remettez-la sur pied, c'est tout ce qu'on vous demande ! Elle devrait être au collège, en ce moment, avec les filles de son âge.

Le médecin a rappelé que j'étais sous sa responsabilité. Si j'étais à l'hôpital, c'est qu'il y avait une raison. Le ton est encore monté, et mon père a rétorqué qu'il n'avait pas de leçon à recevoir. Ma mère est intervenue pour le calmer, promettant qu'ils allaient faire ce qu'il fallait. Le docteur n'a pas été dupe, les infirmières non plus. Mon père a abdiqué pour éviter le scandale. Dommage, parce que, ce jour-là, j'ai vu les veines de son cou se gonfler, ses yeux se rétrécir, et le tic au coin de sa bouche apparaître. Tous les signes annonciateurs de violence. J'ai prié pour qu'il s'emporte, qu'il frappe le médecin, qu'il révèle sa face cachée, mais non. L'homme politique a refait surface, dégoulinant d'hypocrisie. La lumière au bout de mon tunnel venait de s'éteindre. Quand la psy est repassée pour tenter de me faire parler, il était trop tard, j'avais refermé la porte de ma cellule. C'est comme ça, la violence, on se sent coupable alors qu'on est victime. Coupable de la subir, coupable de l'exposer, comme une malformation. On est cassé de l'intérieur, on fait pitié ou on effraye. La peur et la honte sont deux tentacules qui vous maintiennent au fond de l'eau.

Les vacances de la Toussaint approchent. Maureen m'a invitée à passer un week-end chez elle, avec Clara et sans doute d'autres filles. Je suis contente d'avoir dit oui. Je me prouve à moi-même que je suis capable de m'ouvrir. J'appréhende, mais je suis prête à affronter ces moments d'intimité où chacune parlera de soi. Je ne livrerai pas tout, j'avancerai pas à pas, en fonction de la confiance que je leur accorderai. Pour l'instant, je maîtrise ma peur. Si je n'y arrive pas, je ferai comme d'habitude, je déformerai la réalité pour la rendre acceptable. Il reste une semaine, j'ai encore le temps.

Il y a d'autres choses pour lesquelles je me sens moins prête. On est vendredi, un des rares soirs où je ne suis ni devant mon fer à repasser, ni en train de nettoyer une chambre d'hôtel. Il est là, à quelques mètres devant moi, en pleine rue. Benjamin, Jon Snow, toujours aussi beau, toujours aussi souriant. J'ai envie de fuir, comme sur le ponton du phare. En même temps, quelque chose me retient.

— Salut !

C'est bon, il m'a parlé, je peux rentrer chez moi. Pas envie qu'il s'aperçoive de mon trouble. Toute une partie de mon visage se paralyse, ça sent l'hémiplégie à plein nez.

— Tu te souviens de moi ? demande-t-il.

Je n'ose pas me regarder dans la vitrine de la librairie à côté de nous. Pour y voir le reflet d'une cruche dans toute sa splendeur, merci !

— Benjamin, le marin pêcheur, la saison du hareng…, explique-t-il pour ranimer ma mémoire.

— Ah, salut ! Tu n'es pas à la pêche ?

Bravo pour le sens de la repartie ! Avec, en prime, un zeste de mépris ! Tout ce que je déteste. C'est lui qui va fuir !

— On s'est vus deux fois, dis-je pour me rattraper. Un soir, devant la plage, avec mes amies ; et juste toi et moi, au phare. Tu as déclaré que c'était le plus bel endroit parce que j'étais là. En tout cas, c'est ce que j'ai compris.

En temps normal, je rougis comme un homard trop cuit ou je reste muette. Ce n'est pas mon habitude de parler autant à un garçon. Jon Snow a l'air aussi surpris que moi.

— C'était sincère. J'y retourne régulièrement et j'ai même acheté un vélo pour ne plus me faire larguer bêtement.

Il est drôle et touchant. Je ne suis pas à la hauteur, il va vite s'en rendre compte. En attendant, s'il me propose de tout plaquer pour aller pêcher le hareng sur son bateau, je ne suis pas sûre de pouvoir refuser.

— Tu as mangé ?

Une soupe en sachet et un yaourt nature, hier soir, ça n'a aucun intérêt.

— Non. Et toi ?

— Tu aimes le poisson ?

Si je dis non, mon estomac fait un arrêt cardiaque ou sort de mon ventre pour me claquer un aller-retour.

— J'aime tout. Sauf les navets.

— Tu connais *La Luna* ?

Tout ce que je connais, depuis que je suis à Fécamp, ce sont les supérettes, les endroits où j'ai des bons de réduction, les boulangeries qui bradent leur marchandise à partir d'une certaine heure.

Quelques minutes plus tard, je dîne au restaurant et me laisse séduire par un marin pêcheur. Sans savoir comment, j'ai ouvert la porte du paradis. Révolution, Maya ! Petit bémol : à la fin du repas, s'il propose de me raccompagner, j'accepterai, mais pas plus loin que l'entrée de mon immeuble. S'il le veut, il pourra m'embrasser. Pour le reste, il faudra qu'il patiente. S'il m'aime, il comprendra.

Les profs se sont donné le mot : une avalanche de devoirs sur table vient de s'abattre sur nous. On est dimanche après-midi et mes yeux se ferment tout seuls. Hier soir, j'ai fait du baby-sitting jusqu'à 2 heures du matin. Point positif, je suis une businesswoman ! C'est ce qu'ont dit les parents des enfants que j'ai gardés. Ils savent que je fais du ménage cinq fois par semaine à l'hôtel Bérénice et sont au courant de mon désir de devenir architecte. La mère a un frère qui travaille dans un cabinet réputé à Paris ; elle va l'appeler pour que j'y fasse un stage. C'est bien de rêver.

Je me suis endormie sur mes cours de géographie avec la musique du *Patient anglais* dans les oreilles. Chaque fois que j'ai vu le film, j'ai eu envie d'aller dans le désert, sur les traces de László Almásy, l'explorateur hongrois, et de Katharine, une femme mariée qu'il n'a pas pu sauver du crash de son avion. J'ai du mal à émerger, je suis encore dans le Sahara. Je n'ai aucune idée de l'heure, je sais juste qu'il doit être tard, parce que la nuit est tombée.

Je ne me suis pas réveillée seule, j'ai entendu des bruits que je peine à identifier. Ou bien les ai-je rêvés ? Je retire mes écouteurs et tends l'oreille. Rien d'autre que le silence. En me levant, je les entends de nouveau. Trois coups à ma porte, dont je reconnais la signature. Il n'y a que Lucien pour frapper de cette façon. L'horloge sur le micro-ondes indique 20 h 42. J'ai un moment d'hésitation, une petite voix me chuchote de ne pas répondre. S'il n'insiste pas davantage, je fais la morte. Il comprendra. Plusieurs secondes défilent, comme si le destin oscillait avant de choisir son camp. La porte est à quelques mètres devant moi, j'aperçois de la lumière à travers le judas. Il frappe à nouveau. Le destin a choisi.

— Qu’est-ce que tu veux ?

Quand j’ouvre, le regard affolé de Lucien m’indique que c’est sérieux.

— C’est l’eau dans la cuisine. Ça fuit !

Dans l’encadrement de la porte en face, Lou me fixe, en pyjama licorne et doudou dans les bras. Elle aussi a peur. Félix n’est pas encore là. S’il arrive et voit l’appartement inondé, il cognera au hasard. Morgan apparaît derrière la petite, paniqué comme les autres. Il ne manque que Léna, elle doit traîner dehors, prête à rentrer dès qu’elle apercevra la voiture de son beau-père au coin de la rue. Je l’ai déjà vue faire, avec deux autres filles et des garçons plus âgés, ceux avec qui elle fume en cachette.

— On n’a rien fait, c’est le tuyau qui a fui tout seul ! se défend Lucien, alors que personne ne l’accuse.

Je sors sur le palier et referme ma porte, avant de le suivre. C’est la première fois que je mets les pieds chez eux, il y fait sombre et ça sent le tabac froid. La tapisserie est défraîchie et la peinture craquelée çà et là. Le mobilier est dépareillé, sans doute de la récup. Il n’y a pas d’argent dans cet appartement, pas de goût non plus. Et probablement pas l’envie de lui donner un peu de gaieté. Ce n’est pas un endroit pour des enfants, le ménage n’a pas été fait depuis des lustres, des vêtements sales traînent dans le salon et deux cendriers sont pleins. Depuis combien de temps vivent-ils ainsi ?

Je me laisse guider vers la cuisine, pas en meilleur état. Je me suis trompée, Léna n’est pas en train de fumer dehors avec ses copains douteux, elle a la moitié du corps sous l’évier et tente de réparer la fuite. Une flaque s’étend sur le carrelage, ils ont mis une serpillière et des serviettes pour éponger. Si Félix voit le désastre, sa fureur s'abattra sur eux.

Sur la table de la cuisine, une caisse à outils est ouverte.

— Où est le robinet d'arrivée d'eau ?

Trois paires d'yeux me dévisagent comme si j'avais posé une équation à quatre inconnues. Léna sort la tête de sous l'évier, se cogne et marmonne plusieurs jurons. Nos regards se croisent, elle ne m'aime pas. Elle grogne encore entre ses dents, « putain, je suis conne », avant d'aller ouvrir une trappe près de la fenêtre et actionner la manette pour couper l'eau.

— Je vais jeter un coup d'œil, dis-je comme si j'avais mon CAP de plombier.

Léna s'écarte de mauvaise grâce. Pour Lucien, Lou et Morgan, je suis le Messie.

Sans prendre trop de risques, j'opte pour une fuite causée par un joint défectueux. L'ennui, c'est que le raccord n'est pas accessible. Il faut se contorsionner et on perd de la force pour le desserrer.

— Vous avez des joints de rechange ?

Léna lève les yeux au ciel. Évidemment qu'elle y a pensé avant d'essayer de dévisser, elle n'est pas idiote ! Les joints sont sur la gazinière, il y en a de toutes les tailles. Pendant ce temps, Lucien et Morgan reviennent avec des draps et épongent l'eau sur le carrelage.

Face à nos forces combinées, le raccord ne résiste pas longtemps. Le joint, à l'intérieur, est complètement pourri. Léna m'en tend un autre du même diamètre, on resserre le raccord, pas trop pour ne pas l'écraser. Elle va rouvrir l'eau et revient, un peu inquiète. Aucune goutte ne perle, on a été rapides et efficaces.

— Tant que tu y es, t'as qu'à prendre des photos !

La pique s'adresse à Lou, immobile. Elle devrait être couchée, à cette heure. Lucien et Morgan, eux, ne chôment pas. Ils entassent serviettes et draps mouillés en pyramide sous la table. Je pourrais me détendre et même sourire, sauf que le destin n'en a pas terminé avec nous.

— En voilà, une surprise ! La petite voisine qui vient bricoler à domicile…

Pourquoi les salauds prennent-ils cette voix onctueuse dès qu'ils se sentent en position de force ? Félix Pigeon est l'un d'eux, ravi qu'une proie s'offre à lui. C'est ce que je suis, il l'a compris la première fois qu'il m'a vue dans le hall de l'immeuble. Je me relève au ralenti. La peur ne me tétanise pas, elle m'hypnotise. Je suis là sans être là. Je perçois la scène dont je suis actrice malgré moi comme à travers un écran. Je sais ce qu'il va se passer, le scénario est écrit.

— Dégagez de là, les mômes !

Sa voix est maintenant râpeuse. Il n'y aurait rien de surprenant à ce qu'il bave, d'autant plus qu'il a bu ; je sens l'odeur du vin d'où je suis. Les enfants ne bougent pas, il doit les chasser d'un revers de main, comme on éloigne des oiseaux inoffensifs.

— Allez, allez, c'est pas pour les gosses, ici ! dit-il en refermant la porte derrière eux.

J'ai le temps de croiser leurs regards. Ils me plaignent, mais ne peuvent rien pour moi. Ils ne feraient que décupler la colère de la bête. Le sourire mauvais au coin de la bouche de Félix ne me fait ni chaud ni froid. Qu'il en finisse et que je rentre chez moi. Je suis vide de l'intérieur, ma tête l'est aussi. Je l'entends à peine :

— T'es drôlement mignonne, tu sais ? Je t'observe par la fenêtre quand tu pars le matin sur ton vélo. Crois-le ou non, ça me fait ma journée. J'ai tes petites fesses incrustées dans mon cerveau. Seulement, j'aurais jamais imaginé te retrouver dans ma cuisine. On va bien s'amuser, tous les deux.

Il est près de moi et me bloque contre la table. Il pue l'alcool, la cigarette et la sueur. Il n'est pas très grand, ni très musclé, mais je suis incapable de me défendre. Je connais ces moments, il suffit de penser à autre chose, de laisser divaguer son esprit. Lorsqu'il pose ses mains sur mes hanches, je marche sur le chemin en haut du cap Fagnet. Il y a du vent, il fait un peu froid, il bruine. Ce n'est pas grave, je suis seule, c'est tout ce qui compte. Je sens à peine sa bouche dans mon cou, sa main sur mes seins, l'autre sur mes fesses, mon legging qu'il baisse sur mes genoux. Il se frotte contre moi, son excitation me dégoûte, mais je me concentre sur la mer qui gronde, les vagues de plus en plus fortes. En bas, il y a la plage, c'est là que je vais. Un pas dans le vide, puis un autre. La délivrance de la chute, avant le néant.

— Tu dis rien, ma salope ! Tu voulais un vrai bonhomme, c'est ça ? Attends, je vais te retourner, tu vas drôlement aimer ça !

La bête s'est reculée pour contempler mon visage. Elle a compris qu'elle n'avait pas besoin de faire preuve d'autorité, elle peut profiter du moment. Pourtant, l'instant d'après, son regard change. Ses yeux chavirent, quelque chose est arrivé, qu'elle n'avait pas prévu. Elle me lâche, elle n'a plus de force et s'écroule. Je la regarde s'affaisser, étonnée. Ça ne s'est jamais produit, les autres fois. J'ai toujours senti la douleur dans mon ventre, le va-et-vient répugnant et les râles qui préviennent que tout va enfin s'arrêter. À la place de l'eau qui coulait tout à l'heure, une flaque rouge sombre s'étend doucement. Les yeux de Félix sont restés ouverts et fixent la fenêtre. Il est tombé d'une façon bizarre, désarticulé. Au bout de mon bras, ma main me fait mal. Elle serre un objet de toutes ses forces, comme si elle voulait le broyer. Je baisse la tête et aperçois le manche d'un marteau. Il était derrière moi, dans la caisse à outils. Du sang et des cheveux y sont collés. Un coup a suffi, que je ne me rappelle pas avoir porté. La seule chose dont je suis certaine, c'est que Félix est mort. Et que la vie vient de prendre un nouveau tour.

7.

Le temps s'est arrêté. Je suis encore appuyée à la table de la cuisine, les fesses à l'air. Le sang qui coule de la tempe de Félix forme une mare qui menace de s'étendre sous la gazinière. Il règne un silence de mort, il n'y a pas d'autre mot. Je reviens peu à peu à la réalité, mais ne me rappelle toujours pas avoir donné ce coup de marteau. C'est pourtant moi qui ai tué Félix, il ne s'est pas fracassé le crâne tout seul.

L'horloge de la cuisine indique 21 h 15. Cela fait dix minutes que je suis une criminelle. Je ne sais par où commencer. Mon portable est resté chez moi. Si je vais le chercher pour téléphoner à la police, je croiserai les enfants. Ils trouveront louche que je sorte de la cuisine comme si de rien n'était, surtout s'ils n'entendent pas Félix brailler qu'il est l'heure d'aller se coucher ; et leur interdire d'y entrer les incitera à le faire. Ils verront son cadavre et la mare de sang, hurleront, les aînés alerteront les voisins, Lou fera une syncope et Lucien maudira les heures passées avec moi. Dès que je franchirai cette porte, le cauchemar débutera. Je ne suis pas pressée.

Fini, désormais, la danse avec Déborah, les rencontres poétiques avec Noun, le ménage à l'hôtel Bérénice, le baby-sitting, les plans sur la comète pour devenir architecte. Il n'y aura pas non plus de week-end avec Maureen et Clara, plus de baisers de Benjamin. Mon monde s'est écroulé en même temps que le corps de Félix.

Je ne regrette pas, ça ne sert à rien. C'est le destin qui a choisi. Il avait décidé depuis longtemps que je n'avais pas droit au bonheur. J'ai essayé de lui échapper, j'ai fui, tenté de repartir de zéro et de construire une vie que je pensais mériter, mais il m'a rattrapée. Probablement m'épiait-il depuis les Yvelines. Il m'a laissée espérer, puis a jugé que cela suffisait. Fin de la récréation ! Ce que le destin ignore, c'est que je n'irai pas derrière les barreaux. Je n'ajouterai pas de la souffrance à la souffrance. Ça n'aurait pas de sens de me laisser de nouveau enfermer, on ne quitte pas une prison pour une autre.

Ce n'est pas moi qui ouvre la porte. Elle couine dans le silence, comme si elle voulait participer au sinistre de la scène. Je remonte mon legging avant que les enfants n'entrent. Apparaît d'abord le visage de Lucien. Il écarquille les yeux et sa bouche s'ouvre en grand. Puis celui de Léna, pas plus étonnée que ça, et enfin Morgan, impassible. Lou n'est pas là, heureusement. Leurs regards vont du cadavre de Félix à moi, sans arrêt, comme les essuie-glaces d'une voiture.

— Il a voulu me faire du mal, dis-je simplement.

— Il est clamsé ? demande Lucien.

Il va y avoir d'autres questions, des centaines.

— J'espère, parce que sinon, il va gueuler encore plus que d'habitude.

— Bien fait pour lui !

Je ne suis pas sûre d'avoir bien entendu. C'était la voix de Léna, puis celle de Morgan, que j'ai l'impression d'avoir rêvées. Je devrais les empêcher de regarder, leur ordonner d'aller dans leurs chambres, mais je n'y arrive pas. Je n'en ai ni la force ni la volonté.

Lucien entre. Sa sœur et son frère lui emboîtent le pas, approchent du corps de leur beau-père avec méfiance, comme s'il pouvait se relever et leur aboyer après. Jusqu'à ce qu'ils comprennent qu'il n'y a plus de danger.

— Je vous avais dit qu'elle nous aiderait !

— Perso, j'avais compris qu'elle venait réparer la fuite, pas zigouiller Félix.

— Elle a fait les deux, c'est encore mieux !

— C'est mieux, sauf qu'il est dans la cuisine et que ta copine a l'air complètement à la ramasse !

— Ben, elle tue pas tous les jours ! C'est pas une « pychcopathe » !

— Une psychopathe !

— C'est pareil !

— C'est pareil, mais « pychcopathe », ça fait débile !

— J'suis pas débile !

— T'es pas futé, non plus !

— J'ai pas redoublé, moi ! Et qui c'est qu'a été la chercher ? C'est vous, peut-être ?

Le cadavre de Félix ne les effraye pas, ils trouvent le moyen de s'engueuler alors que la mare de sang continue de s'étendre à leurs pieds. Lucien ne cède pas un pouce de terrain, c'est essentiel lorsqu'on est le dernier d'une fratrie. Leur conversation n'en reste pas moins surréaliste.

— Et maintenant, on fait quoi ?

Comme personne ne répond, je comprends que la question s'adresse à moi. Je ne sais pas si je dois être effondrée ou en colère. C'est un sale tour que vient de me jouer le destin, il a frappé sans prévenir.

— Je vais téléphoner à la police. Vous, vous devriez filer dans vos chambres en attendant.

— Tu iras en prison, si tu appelles les flics.

Léna me fixe avec un air de défi. Je ne saisis pas le « si tu appelles les flics » ; comme si j'avais le choix...

— Et nous, on va devenir quoi ?

Cette fois, il y a de l'agressivité dans son ton. Je ne suis pas la seule à le remarquer, Morgan et Lucien semblent même redouter un début de dispute. Ce n'est ni le lieu ni le moment. Cela dit, elle a raison. Que fera-t-on d'eux une fois que la police aura enlevé le corps de leur beau-père ?

— C'était pourri, avec Félix, mais au moins, on était ensemble, poursuit-elle avant que je mette mes arguments en ordre. Si on doit être placés, aucune famille ne nous prendra tous les quatre. Et le foyer, on n'en veut pas.

Pourquoi est-ce à moi qu'elle dit ça ? Et pourquoi ses frères font-ils soudain front ? Il faut se réveiller, les mômes ! J'ai tué un homme avec un marteau, son cadavre est à vos pieds. Ça suffit, les conneries !

— Tu as une solution ? Tu as une baguette magique pour le ressusciter ? Parce que ça m'arrangerait, figure-toi !

Je n'ai pas crié, j'ai feulé. Comme un chat acculé dans un coin, prêt à griffer et à mordre. Ça ne me ressemble pas ; pourtant, c'est bien moi. Je sens mon visage tendu comme les voiles d'un trois-mâts dans la tempête. Tous mes projets viennent de partir en fumée à cause de Félix. J'étais juste là pour aider, il faudrait peut-être qu'elle s'en souvienne !

— Tu n'as tué personne, Félix n'est jamais rentré, reprend-elle plus calmement.

Une fois encore, je ne suis pas sûre d'avoir bien compris.

— Comment ?

— On ne sait pas où il est, personne ne l'a vu depuis ce matin.

Elle débloque. La découverte du cadavre a probablement fait disjoncter son cerveau.

— Je suis d'accord.

— Moi aussi. De toute façon, il dit jamais où il va !

Lucien, puis Morgan, unis derrière leur Jeanne d'Arc de sœur. Tous me regardent comme si je n'avais plus qu'à signer au bas d'un contrat en deux exemplaires. Je ne sais pas ce qui me surprend le plus : leur indifférence devant le corps de Félix ou bien le monde irrationnel dans lequel ils vivent ? Déjà fusent d'autres idées plus folles les unes que les autres :

— Faut s'en débarrasser, il peut pas rester ici !

— On peut pas le descendre à la cave, il va puer et nous emmerder encore plus !

— On peut le découper, mettre les morceaux dans des sacs-poubelle et tout balancer au zoo !

Ce n'est pas de son âge, mais force est de constater que Lucien connaît bien *Le père Noël est une ordure*.

— On n'a pas de zoo, ici, nounouille !

— Alors, faut l'enterrer quelque part.

— On va pas le porter sur notre dos ! En plus, il est dégueu, j'ai pas envie d'avoir son sang sur mon blouson !

— Faudrait une voiture !

— Tu sais conduire, toi ?

Lucien est en avance sur son âge, mais pas à ce point. Il est vexé, d'autant que son idée n'était pas si mauvaise. D'ailleurs, leurs regards convergent vers moi.

— Et toi ? Tu sais conduire ?

— Je n'ai pas encore dix-huit ans. Je n'ai que le code.

— On s'en fiche, si t'as pas le permis. C'est juste pour l'emmener quelque part et l'enterrer.

Léna est championne olympique de pragmatisme. Je l'admire malgré sa folie.

— Et une fois qu'on l'a enterré, qu'est-ce qu'on fait ?

Je ne sais pas pourquoi je pose la question. Je peux tenter de me persuader que c'est par curiosité, pour voir jusqu'où elle est prête à s'enfoncer dans le délire, mais la vérité veut que son insouciance est en train d'attaquer ma raison à la dynamite.

— Tu t'occupes de nous, répond-elle sans sourciller. On dira que tu es notre baby-sitter et qu'on n'a pas revu Félix depuis ce matin. Pas de corps, pas de crime.

Surréaliste est un euphémisme. Je suis encore en train de rêvasser sur ma leçon de géographie et personne n'a frappé à ma porte. Je vais me réveiller.

— Tu peux dormir ici, maintenant qu'il y a une chambre de libre !

Le pragmatisme de Morgan n'a rien à envier à celui de Léna. Il parle de la chambre de Félix comme de celle qu'un client aurait quittée à l'hôtel Bérénice. Les choses sont simples, avec eux. Mais elles vont trop vite pour moi. J'ai besoin de me poser pour analyser la situation. Au point où on en est, Félix et la police peuvent attendre.

8.

J'ai accepté. Je me moque que mes raisons soient recevables ou non, j'exposerai mon cas là-haut et j'assumerai. On aura d'ailleurs une petite conversation avec le Grand Chef, et on verra qui aura le dernier mot. Parce que j'ai des choses à lui dire et il a intérêt à me fournir des explications convaincantes. Sinon, ce sera à lui d'assumer. Il me pardonnera le meurtre de Félix ou m'engueulera, ça ne me fera ni chaud ni froid. En attendant, je garde le contrôle. C'est pour cette raison que j'ai quitté les Yvelines, pour mener ma vie comme je l'entends. Si j'appelle la police, on décidera pour moi, je serai ballottée comme dans le tambour d'une machine à laver, on m'interrogera, on me fera la leçon, et des gens que je ne connais pas et dont ce n'est pas le métier me jugeront. Pas question ! Les seuls à qui je dois des comptes sont Lucien, Lou, Morgan et Léna. C'est leur vie et la mienne que j'ai fait basculer. Léna a raison, il y a peu de chances qu'une famille les accueille tous les quatre. Je me mets à leur place, être séparés serait injuste. Ils n'ont rien demandé. Ils ont même proposé une solution. Elle est folle, mais la société l'est aussi et devrait balayer devant sa porte. Elle n'aurait pas dû laisser Félix les maltraiter. Et elle aurait dû l'empêcher d'essayer de me violer. Qu'on ne se méprenne pas, ce n'est pas le glaive de la Justice qui s'est interposé, mais un vulgaire marteau sorti d'une boîte à outils. La vie est mal faite.

Les enfants sont ravis que j'endosse le costume de baby-sitter. Lou ne le sait pas encore. Elle dort, ignorant que j'ai tué Félix. Cela vaut mieux pour elle. D'un commun accord, on a décidé qu'on ne le lui dirait pas. Lou vit dans un univers parallèle, avec ses poupées et ses dessins animés. C'est l'échappatoire qu'elle a trouvée pour ne pas subir de plein fouet la violence du monde qui l'entoure. Elle a le temps d'ouvrir les yeux.

Si Lou est la plus candide, les autres ne sont pas beaucoup plus clairvoyants. Ils pensent que personne ne fourrera son nez dans nos affaires. À les écouter, je serai là pendant des années, on vivra heureux, tous les cinq, on organisera un quotidien joyeux. Je les laisse rêver, ça leur fait du bien. À moi aussi, d'ailleurs. Personne n'est capable de dire combien de temps notre bulle de mensonge résistera à la réalité. Un jour, quelqu'un viendra la crever. Des policiers qui auront trouvé le corps de Félix, une assistante sociale alertée anonymement ou des voisins suspicieux. Ils ne sauront pas que c'est pour notre malheur et se gargariseront d'avoir œuvré pour la morale. « Vous vous rendez compte, quatre enfants vivant avec une criminelle ! Il était temps de les sortir de là. Il paraît que la plus petite est complètement folle. Ce n'est pas possible d'en arriver là ! » Eh non, ce n'est pas possible ! Par contre, laisser des gosses vivre avec leur bourreau de beau-père, entendre les cris et les coups à travers les cloisons sans rien faire, détourner le regard devant les hématomes, tout ça reste acceptable.

Je rumine ma colère alors qu'il est trop tard. Ce n'est plus à moi de changer les choses, une autre mission m'attend. À partir de ce soir, je suis baby-sitter à plein temps. Je vais édicter des règles auxquelles chacun devra se soumettre, sinon, ce sera l'anarchie. C'est le seul moyen de durer. Avant, il faut se débarrasser du corps de Félix et effacer toute trace de sa mort, condition élémentaire pour avancer. Je ne sais pas si c'est une bonne chose, mais je deviens comme Léna, Morgan et Lucien : pragmatique. J'ai pris ma décision, on verra jusqu'où on nous laissera aller.

On n'est pas trop de quatre pour déplacer Félix. Le terme « poids mort » prend tout son sens : il pèse une tonne. On l'a roulé dans une bâche en plastique que Morgan est allé chercher à la cave. Elle est épaisse et imperméable. Ce n'est plus Félix que l'on transporte, juste un colis mou. Morgan et Lucien vont rester nettoyer le sol de la cuisine. Il y a école demain, et à cette heure, ils devraient déjà dormir.

— Il faut que tu rapproches la voiture, sinon, on va se faire repérer.

Léna a raison. À leurs regards emplis d'inquiétude, je sens la responsabilité de notre avenir commun peser sur mes épaules. Conduire la voiture de Félix est une étape périlleuse. J'ai appris avec un moniteur, un forfait de quinze heures. Je me débrouillais pas trop mal, mais il était là pour rattraper mes erreurs. Cette fois, c'est sans filet. Si j'échoue, il nous restera la solution de Lucien : découper Félix et balancer les morceaux dans un zoo. Pour faire la une des journaux, il n'y a pas mieux.

— Où sont les clefs ?

J'espérais quelques secondes de répit, mais Morgan me tend aussitôt un trousseau. Je ne peux plus reculer, c'est le moment de leur montrer qu'ils ne se sont pas trompés en me faisant confiance. Pour eux comme pour moi, c'est la grande inconnue.

— Tu veux que je vienne avec toi ? propose Léna.

— Non. Tenez-vous prêts dans l'entrée, on n'aura droit qu'à un essai et tout doit être terminé en deux minutes.

Je parle comme dans un film d'aventures, ce qui semble convenir à Lucien. Je ne serais pas étonnée qu'il me réponde « oui, chef » en se mettant au garde-à-vous.

La voiture de Félix est un vieil Espace bleu foncé qui sent la cigarette et n'a pas vu d'aspirateur depuis des années. Des cannettes traînent sur le plancher, à côté de sacs en papier froissés et de paquets de bonbons éventrés. Une chose m'inquiète lorsque je m'assieds au volant : je ne sens pas de pédale d'embrayage sous mes pieds. J'ai appris à passer des vitesses manuellement, pas avec une boîte automatique. Devant, il y a une Mercedes flambant neuve. Si je lui rentre dedans, l'alarme va sonner et alerter tout le quartier.

— Qu'est-ce que tu fous ?

J'ai sursauté. Léna vient d'ouvrir la portière passager et s'installe à côté de moi.

— Tu sais pas conduire ?

— Si, mais pas les automatiques.

Elle fronce les sourcils, avant de me rassurer comme elle peut. Il suffit de démarrer et d'accélérer, c'est la voiture qui gère les vitesses.

— Tu veux que je le fasse ?

— Non, j'ai compris.

J'ai répondu plus sèchement que je n'aurais voulu. Il y a de la tension entre nous alors qu'on est dans la même équipe.

C'est vrai, il n'y a rien de plus simple. En trente secondes, je quitte la place le long du trottoir et viens me garer au plus près de l'immeuble. Léna reprend un peu confiance, moi aussi. Il est 22 heures lorsque nous évacuons la dépouille de l'appartement, c'est comme ça qu'on dit, d'après Lucien. Morgan fait le guet pour vérifier que personne ne traîne à sa fenêtre. Félix roule silencieusement sur le skate qu'on a glissé sous son corps, je tiens la tête et Léna les pieds. Lucien veille à ce que le cadavre ne bascule pas. En quelques mètres, on rejoint l'Espace. Dans le coffre, on découvre un sac de sport qui pue la sueur et deux pneus usés. Heureusement, il reste assez de place pour Félix. En unissant nos forces, on le hisse à l'intérieur et chacun peut retourner à sa tâche. On a fait le plus dur. Enfin, je crois.

— Vous avez une pelle ?

Je doute subitement d'être le cerveau de la bande. Léna aussi. Aucune de nous n'y a pensé et il faut que l'idée vienne d'un gamin de six ans. Possible qu'il nous prenne pour des demeurées.

— Il y en a une dans le local à poubelles, je vais la chercher.

Lucien n'est pas impressionné par la situation, il s'est de nouveau transformé en guerrier, le même avec qui j'ai joué dans le blockhaus. Lorsqu'il rapporte la pelle, nous sommes installées dans la voiture, prêtes à partir.

— Vous êtes sûres qu'on vient pas avec vous ?

— Sûres ! Vous nettoyez la cuisine à fond et vous allez vous coucher. Quand on rentre, je veux vous trouver en train de dormir !

Ils ne discutent pas mes ordres, signe que j'ai plus d'autorité que je ne pensais. À côté de moi, Léna s'impatiente. Avec un peu de chance, on ne croisera aucun véhicule de police. Ce serait dommage de se faire arrêter maintenant. Il reste une question à laquelle on n'a pas répondu : où va-t-on enterrer Félix ?

9.

Je ne suis pas sûre d'être là où je suis. Régulièrement, je contrôle que je ne dors pas en m'enfonçant un ongle dans la peau. Ni Léna ni moi ne ressentons le besoin de parler. Ça viendra, une logorrhée libératoire. En attendant, chacune de nous digère comme elle peut le cataclysme.

La déception de ne pas être en train de rêver est curieusement moins forte au fil des kilomètres. Je sais pourquoi. Toujours la même histoire de destin. Je suis dans cette voiture, en quête d'un endroit pour enterrer Félix, parce que je ne pouvais pas faire autrement que de le tuer. Je savais que la violence était tapie dans mes veines. Peut-être aurais-je dû prévenir, mais comment ? « Danger de mort », agrafé sur mes vêtements, ou bien un message clair délivré à chacune de mes rencontres : « Attention, je peux vous tuer. » C'est ainsi, personne ne peut inverser le cours des choses.

Je n'ai pas d'excuse et n'en chercherai pas. Je dirai à ceux qui me poseront la question que c'était lui ou moi. Je ne me serais pas laissée vivre un jour de plus si j'avais dû subir une nouvelle fois la dégradation de mon corps.

Je suis venue à Fécamp pour me reconstruire, pas pour que quelqu'un s'autorise à me détruire. Si Félix n'était pas enroulé dans sa bâche, je serais à l'heure actuelle prostrée dans ma chambre, hagarde. Mes larmes ne couleraient pas, je n'aurais plus de colère parce que je serais morte de l'intérieur. La résignation serait le maître mot et mon unique ambition serait de trouver le meilleur endroit pour en finir, en toute discrétion. Les choses ont tourné autrement et ce coup de marteau m'offre un répit. C'est ainsi que je l'envisage : un baroud d'honneur dans cette vie qui ne fait pas de cadeau, une virée dans l'utopie ; avec un peu de chance, une parenthèse enchantée. Je n'attends rien de particulier. Et je ne suis pas seule dans l'aventure, ce qui me donne le courage de continuer.

— Là, tourne à gauche !

Léna, concentrée sur le GPS de mon téléphone, semble savoir où l'on va. Je la laisse faire, c'est sa région. Je me moque de la destination. Je veux juste qu'on n'y passe pas la nuit.

— Tout au bout, ça devrait être bon. Et éteins les phares, on va se faire repérer !

On a quitté les champs, la route est maintenant bordée d'arbres. C'est une voie sans issue, trop étroite pour que deux voitures se croisent. Si quelqu'un arrive en face, je devrai passer la marche arrière, ce qui ne m'arrange pas. Ça ne doit pas être compliqué, mais ce sera une première sur une automatique. De plus, ce quelqu'un trouvera louche qu'on roule feux éteints. Il verra deux filles qui n'ont rien à faire là et alertera la police. Ou bien, il se prendra pour un justicier et voudra démêler le nœud de l'affaire lui-même.

— Gare-toi là !

L'endroit se situe sur la commune de Petiville. C'est un cul-de-sac, en bord de Seine, une aire tranquille éclairée par la lune. Aux beaux jours, des familles doivent venir y pêcher et pique-niquer sur les tables en forme de champignons. Personne ne se recueillera sur la tombe de Félix.

Une minute s'écoule avant que l'une de nous se décide à ouvrir sa portière. Sans doute le silence de la nuit nous impressionne-t-il. Ce n'est pourtant pas à nous d'avoir peur, nous sommes les criminelles. Quinze ans de prison pour moi, cinq pour la complicité de Léna. Tremblez, braves gens !

— Je peux te dire un truc, avant qu'on s'y mette ?

— Vas-y.

— Je suis contente de faire ça avec toi.

Il me faut quelques secondes pour comprendre ce qu'elle veut dire, et encore, je n'en suis pas sûre.

— Toute seule, je n'aurais pas pu, ajoute-t-elle.

— Tu y as déjà pensé ?

— Des centaines de fois. C'était un sale con, il n'a que ce qu'il mérite.

Je ne sais pas si elle a raison. D'autres, dont c'est le métier, jugeront. Dans son regard, je lis la même souffrance, la même impuissance que me renvoyait mon miroir chez mes parents. Elle me racontera, petit à petit, on partagera nos malheurs. Avant, j'ai besoin de savoir une chose. Ça ne changera rien à ce que j'ai fait, mais ça enlèvera une ombre au tableau déjà bien noir.

— Avec toi aussi, il a essayé ?

Je n'aime pas le temps qu'elle met à répondre. Pas toi, Léna, tu n'as que douze ans. Dis-moi que Félix ne t'a pas violée. Je sais qu'il a pu, mais je n'ai pas envie de l'entendre. Je serais capable de le tuer une deuxième fois.

— Non, j'ai juste servi de punching-ball. Il paraît que je suis très résistante.

— C'est ce qu'il t'a dit ?

— Plus il cognait, plus je le fixais dans les yeux. J'arrivais même à sourire, des fois. Ça l'énervait.

Je la crois. Je l'ai fait, moi aussi. La douleur est un animal étrange qui se laisse parfois apprivoiser. Elle peut devenir une alliée qui permet d'offrir le plus beau regard de défi. C'est terrible, pour un bourreau, de se rendre compte que ses coups ne portent plus. Il en est désorienté, il ne comprend plus une situation qu'il pensait dominer et s'interroge sur ce qu'il est en train de faire. Dans une seconde de lucidité, il entrevoit la sous-merde qu'il est et cherche une échappatoire capable de préserver sa dignité. Ça ne marche jamais. Qu'il sourie en feignant sa toute-puissance ou qu'il se répande en excuses, il sait qu'il est pitoyable.

Plusieurs fois, mon père m'a frappée, quand l'ado que j'étais menaçait de raconter ce qu'il me faisait. Je me souviens des gifles, des cheveux tirés, mais surtout des étranglements. Avec le plat de la main, pour ne pas laisser de traces. C'est horrible de sentir qu'on ne respire plus. Encore plus avec le visage de son bourreau à quelques centimètres du sien, promettant de dire à tout le monde qu'on est une menteuse ou une folle qui invente des histoires.

À onze ans ou à dix-sept, l'effet est le même, on est terrorisée et on abdique. On se mure dans le silence et on encaisse. Parfois, on regarde la bête dans les yeux avec un sourire de défiance. Ce n'est pas du courage, juste un mélange de cynisme et de résignation ; on sait qu'on ne peut pas tomber plus bas.

— On y va ?

Oui, on y va. Même si l'endroit est désert, ça ne sert à rien de s'éterniser. Je n'ai aucune idée du temps qu'il faudra pour enterrer Félix. Trouver le bon emplacement, creuser profondément, y traîner le corps, reboucher le trou, effacer nos traces… On n'est pas près de se coucher. Ce n'est pas grave, il y a peu de chances qu'on parvienne à s'endormir.

Il ne nous faut pas longtemps pour choisir l'endroit. Derrière un bosquet, à l'abri du vent ; on se relaye pour creuser une fange épaisse et collante. C'est un travail pénible. En une demi-heure, les contours de la fosse sont délimités et on atteint une profondeur de quarante centimètres. Il en faut le double pour être sûres. Nos vêtements sont maculés de boue, on entend des « floc ! floc ! » chaque fois que l'on soulève nos pieds. On a craint un instant de tomber sur de l'eau et de voir tous nos efforts vains, mais non, on peut creuser encore. Nos mains ont des ampoules et la sueur coule dans notre dos. C'est curieux, mais il règne une sorte d'allégresse. Ou peut-être est-ce de l'ivresse. Celle de braver l'interdit, de faire quelque chose de fou. On aggrave notre cas en dissimulant le corps de Félix, on assume le fait d'être hors la loi. On pourrait plaider qu'on ne se rend pas compte, mais c'est faux. Cet enterrement est une revanche.

Léna l'a dit, Félix ne mérite rien d'autre que de sombrer dans l'anonymat. Ce sont des années de souffrance que l'on enfouit, les plaies laissées par les coups et les humiliations que l'on panse. Pour lui, ça ne change rien. Pour nous, ça change tout. Pas pour longtemps, il ne faut pas rêver. On prendra ce qu'on nous donnera. Jusqu'à Noël, ce serait bien. Je ne sais pas pourquoi Noël, ça m'est venu comme ça, une première étape, au cas où il y en aurait d'autres. Qu'on le fête tous les cinq, avec des cadeaux pour chacun, des petits-fours sur une table décorée, du saumon et des huîtres, une bûche au dessert, des vêtements neufs achetés pour l'occasion.

— Ça va aller, là !

Debout dans le trou, Léna indique le niveau de la terre à hauteur de ses cuisses. Elle a raison, c'est suffisant. Je l'aide à remonter et la suis jusqu'au coffre de la voiture. À deux, on fait tomber Félix sur le sol. Impossible d'utiliser le skate de Morgan pour le traîner jusqu'à la fosse, le terrain est trop cahoteux. La bâche se déchire et laisse apparaître ses chaussures. En atterrissant dans sa tombe, Félix fait un bruit sourd, le dernier. Il a compris qu'il n'était plus rien ici-bas. Déjà, Léna commence à l'ensevelir. Sans prière, sans un mot, sans même une pensée pour lui. Elle est pressée d'en finir. En quelques minutes, l'endroit est comme on l'a trouvé en arrivant. On dispose des pierres et des branchages pour faire naturel, personne n'y verra rien.

— Merde, j'ai oublié ça !

En ouvrant son blouson, Léna sort le marteau emballé dans un sac plastique. Avant qu'elle me le demande, je creuse un nouveau trou pour l'y enfouir. C'est un travail d'équipe, on est une famille, recomposée.

Quatre heures se sont écoulées depuis que notre vie a chaviré. Tandis que je sillonne en silence des routes inconnues, Léna s'est endormie à côté de moi. Pour une fois, elle semble apaisée. Je voudrais lui poser mille questions, sur Félix, sur leur mère, leur père, sur les habitudes de chacun. Ça attendra demain. Je pensais que nous aurions du mal à nous entendre, mais je me suis trompée. Nos deux caractères ont déjà réussi à s'accommoder de leur intransigeance. Avec un peu de chance, elle m'épaulera dans mon rôle de chef de famille. Je sais que je ne suis pas légitime et que j'ai été choisie à la suite d'un concours de circonstances. S'ils le décident, les mômes peuvent me destituer du jour au lendemain. Je n'aurai rien à dire ; je ne revendique d'ailleurs aucune place. J'ai toutefois envie de vivre cette parenthèse avec eux. Même si mon avenir ne se conjugue plus qu'à court terme, je me sens libérée. J'ai vaincu ma peur, mon corps s'est défendu et je peux me regarder dans une glace sans me haïr. Ce qui est nouveau pour moi. Encore ce matin, je détestais cette personne qui ne s'était pas suffisamment battue pour préserver sa dignité. C'est idiot, c'est ce qui va précipiter ma perte. Mais je ne regrette pas. Je n'ai même pas peur du jugement des autres. Ils ne peuvent pas comprendre.

— Il faut qu'on se débarrasse de la voiture.

Léna ne dormait pas, elle réfléchissait. J'y ai songé, moi aussi. Plusieurs idées me sont venues, mais peut-être en a-t-elle une meilleure.

— Tu as pensé à quoi ?

— À la balancer dans la mer, mais c'est pas écologique et trop risqué. J'ai vu ça dans un film. Le gars la jette d'une falaise, sauf qu'elle s'écrase sur les rochers et on ne voit plus qu'elle.

J'ai dû voir le même film, j'avais écarté l'idée. Par contre, je ne m'attendais pas à ce que Léna évoque la dimension environnementale. C'est une gamine pleine de surprises, il est possible que je m'attache à elle autant qu'à Lucien. Et sans doute aux autres, avec leurs différences.

— On pourrait la laisser dans un endroit où personne ne la remarquera, dis-je. Au milieu d'autres voitures.

— Dans un parking privé, tu veux dire ?

— Non, il faudrait y retourner régulièrement pour payer et il y a des caméras de surveillance. On se ferait repérer.

— Alors, où ?

— Peu importe, mais on évite les parcmètres. On la change de place toutes les semaines pour ne pas éveiller les soupçons.

L'idée semble la séduire. Tant mieux, parce que je n'en ai pas d'autres.

— La gare, c'est gratuit. Et si quelqu'un la reconnaît, il pensera que Félix a pris le train.

Va pour la gare. Elle est à moins d'un kilomètre de chez nous, le retour à pied ne sera pas trop long.

— D'abord, je te ramène à l'appartement et tu vas te coucher. Il est 2 heures du matin, on se lève à 7.

— Et toi, tu dors où ?

— Chez moi. Avant, je viendrai vous faire un bisou et vérifier l'état de la cuisine.

Léna ne discute pas. Bientôt, je serai couchée et me repasserai le film de la soirée. Je m'interdirai de penser que j'aurais pu éviter ce chaos. C'est trop tard. Ma nouvelle vie commence dans cinq heures, je n'ai pas l'intention de la gâcher.

10.

— Il reviendra plus, Félix ?

— On sait pas.

— Il est parti où ?

— On sait pas non plus.

Lou réfléchit à ce que cela signifie pour elle. Autour de la table, ses frères et sa sœur la savent assez crédule pour ne pas s'inquiéter de nos mensonges. Je n'ai pas leur vécu.

— Il est parti, mais on ne doit pas le dire. À personne, précise Léna.

— Pourquoi ?

— Parce que ça pourrait le faire revenir.

Au froncement de ses sourcils, je comprends que les questions s'entrechoquent sous son crâne.

— Ça veut dire que c'est un secret ?

— Exactement. Un secret entre nous cinq. Pour les voisins, les copines ou à l'école, il est encore là. On est les seuls à savoir que c'est pas vrai.

La leçon que je leur ai faite quelques minutes plus tôt a été retenue. Ce secret est fondamental pour ne pas éveiller les soupçons. Si l'un de nous le révèle, le commérage fera son travail de sape et les services sociaux ou la police ne tarderont pas à frapper à la porte.

— T'as envie que Félix revienne ? demande Lucien.

Lou secoue la tête. La menace est trop forte, elle sait tout ce qu'il y a à perdre si elle nous trahit. Puis, son regard s'arrête sur moi, méfiant. Elle me connaît à peine, nous n'avons jamais rien partagé. La seule fois où elle m'a vue plus d'une minute, c'était hier, quand je suis venue réparer la fuite d'eau. Elle a une question à poser, mais pas à moi.

— Crache ce que t'as à dire ! ordonne Léna.

Je suis curieuse de savoir ce qui la préoccupe, mais auparavant, j'attrape au vol la phrase de Léna pour édicter une règle sur laquelle je ne transigerai pas : entre nous, on se parle convenablement. Pas seulement par respect, mais parce que notre entente sera un atout majeur pour durer. C'est un long fleuve pas vraiment tranquille que l'on s'apprête à descendre ; qui plus est, sur un radeau improvisé, pas sur une péniche tout confort. Une engueulade ou une rancœur mal placée peuvent le faire chavirer à tout moment. Le danger vient autant de l'intérieur que de l'extérieur. L'adage plaît beaucoup à Lucien. On le croirait sorti d'une bande-annonce de film de guerre. On est tous d'accord, même si Léna a du mal à réprimer une moue dubitative. Elle connaît ses limites. Son langage familier est un bouclier face au monde agressif dans lequel elle se débat. Ce ne sera pas simple, mais elle a tout à y gagner.

— Bon, qu'est-ce que tu voulais dire ?

Morgan revient à la charge. Pas question que Lou parte à l'école avec le moindre doute en tête. Elle hésite à répondre, elle n'a pas encore confiance en moi. Comment lui en vouloir ? Je serais comme elle, à sa place.

— Elle va nous crier dessus et nous taper comme Félix ?

À 7 h 30, un lundi matin, la question d'une petite fille de huit ans, mal réveillée, en pyjama licorne, arborant des moustaches de chocolat au coin des lèvres peut faire aussi mal qu'un coup de poignard. Ses frères et sœur tournent la tête vers moi, triturant ma douleur. Leur inquiétude est instinctive. Dans *La Ferme des animaux*, Orwell raconte comment chevaux, ânes, chèvres et autres animaux se révoltent et se débarrassent de l'homme pour installer justice et démocratie. Tous croient aux lendemains qui chantent, jusqu'au jour où les cochons changent les lois, prennent le pouvoir et remettent en place un système autoritaire. Les autres se rendent compte trop tard qu'ils n'ont fait que changer de bourreau.

— Je ne lèverai jamais la main sur vous. Je préférerais mourir plutôt que de justifier les coups que mon père m'a donnés. C'était un Félix, lui aussi ; jamais je ne pardonnerai ce qu'il m'a fait. Si je suis venue à Fécamp, c'est pour me réparer. Et si je tapais l'un de vous, j'éteindrais la dernière flamme de dignité qu'il me reste. Je ne peux pas faire ça. Je ne peux pas me détruire moi-même.

Je sens mon corps se tendre de partout. Mon ventre n'est plus qu'une serpillière qu'essorent des mains cruelles. La seule chose que je maîtrise encore, c'est le flot de larmes qui ne demande qu'à inonder la table. Ils ne doivent pas voir ma douleur, il faut qu'ils me croient forte. On n'embarque pas sur un radeau quand on n'a pas confiance en son capitaine.

Je leur laisse le temps qu'il faut pour juger de ma crédibilité ; ils peuvent se consulter s'ils veulent, voter à bulletin secret ou à main levée pendant que j'attends le verdict dans une autre pièce. La décision qu'ils prendront liera ou non nos destins.

— T'es venue à Fécamp pour te réparer ?

Je ne sais pas si c'est tout ce qu'elle a retenu, mais la mâchoire de Lou est sur le point de se décrocher.

— Moi, je serais allée à Monaco !

Lucien, Morgan et Léna lèvent les yeux au ciel.

— Fais pas attention, elle est dingue avec son Monaco, m'explique Morgan. Elle y a jamais mis les pieds, elle a vu ça, une fois, à la télé, un défilé de princesses dans des carrosses. Elle a peut-être même confondu avec Disneyland !

— C'était pas Disneyland, t'y connais rien !

Léna prend le relais en contrôlant comme elle peut son agacement :

— À Monaco, y a que des riches qui vivent entre eux. Si t'es pas milliardaire, t'entres pas. En plus, quand t'es milliardaire, t'as pas besoin de te réparer !

La démonstration vaut ce qu'elle vaut, mais Lou semble l'accepter. Ce qui ne l'empêche pas de me dévisager comme si elle pouvait lire la vérité dans mes yeux. Je la laisse faire, je veux qu'elle soit convaincue que je ne serai pas un autre Félix.

— T'as pas à avoir peur, elle nous tapera pas, la rassure Lucien. Elle crie pas non plus. Elle joue à la guerre, elle fait du vélo et elle regarde des films avec des extraterrestres. Pas possible de taper quand on fait tout ça.

Il se trompe. La violence se tapit parfois derrière des visages angéliques. Elle surgit de là où on ne l'attend pas, d'autant plus difficile à démasquer. Je sais de quoi je parle. Mon père est toujours maire de sa petite ville bourgeoise. Le plus souvent, il sait se montrer poli, souriant, affable ; personne ne soupçonne la bête. On est deux à connaître la vérité. Ma mère et moi. Ma tante Hélo se doute de quelque chose, mais n'a aucune preuve. Ou elle ne veut pas en avoir. C'est son frère, ce serait trop encombrant. Elle a coupé les ponts avec lui, mais n'a pas cherché à en savoir davantage. Elle aurait un problème de conscience majeur si elle devait le dénoncer.

— Je l'aimais pas, Félix. Si elle crie pas, je veux bien qu'elle le remplace.

Le verdict de Lou est tombé, rassemblant les suffrages. On peut avancer à la case suivante.

— Mais s'il revient ?

Des doutes subsistent, elle n'a vu ni cadavre ni trace de sang. Quand elle est entrée dans la cuisine ce matin, le carrelage avait été récuré plusieurs fois et ça sentait la Javel.

— Il ne reviendra pas, assure Morgan.

— Il nous a abandonnés ?

Aux yeux qu'elle lève de nouveau au ciel, je devine que Léna puise dans sa patience. Je la connais encore mal, mais je ne serais pas surprise qu'elle lui déballe toute la vérité : le coup de marteau, la mare de sang, Félix roulé dans la bâche en plastique, la tombe sur les bords de Seine et la voiture qu'il faut changer de place toutes les semaines. Au contraire, elle se contrôle et trouve un mensonge satisfaisant :

— Il a laissé une lettre pour expliquer qu'il part chercher du travail en Italie.

— T'as dit qu'on savait pas où il était !

— Il est en Italie, mais on ne sait pas où exactement. Tu connais l'Italie, toi ?

— Ben non, elle va pas plus loin que Monaco ! ne peut s'empêcher de railler Morgan.

Lou n'a pas le temps de relever que déjà, Léna enchaîne :

— On doit garder le secret parce que sinon, il aura des problèmes avec son patron et ça nous retombera dessus. Avant de partir, il a trouvé une baby-sitter pour s'occuper de nous. Elle s'appelle Maya et elle habite en face. T'as d'autres questions ou c'est bon comme ça ?

— J'ai compris, je suis pas neuneu.

Je n'aurais pas fait mieux que Léna et, cette fois, le pacte semble scellé. Il est bientôt 8 heures, la table n'est pas débarrassée et les dents ne sont pas brossées. Il faut encore que je donne le programme de la journée, le mien et ce que j'attends d'eux : j'ai cours jusqu'à 17 heures ; ensuite, je dois faire deux heures de repassage chez Mme Lavigne ; je ne serai pas rentrée avant 20 heures ; je veux qu'ils soient douchés et qu'ils aient fait leurs devoirs ; les plus grands aident les plus petits. Lucien souligne qu'il n'a pas besoin qu'on l'aide, question de fierté. Je jetterai quand même un coup d'œil.

— On t'attend pour manger ? demande Léna.

— Vaut mieux pas. Tu sais cuisiner ?

— Oui, mais on est lundi et y a plus rien dans le frigo. C'est le jour des courses.

Cela fait partie des imprévus que je vais devoir gérer. On ira faire le plein de provisions avec Léna après mes heures de repassage. Et puis, j'ai des pâtes chez moi. Avec de la sauce tomate et le kilo de pommes dans ma corbeille à fruits, ils ne devraient pas mourir de faim.

— C'est bon pour tout le monde ?

Il est 8 h 15, on est tous en retard. Leurs manteaux, comme leurs cartables, sentent le vieux. Lucien est le premier à qui je fais un bisou. Il est surpris, mais se laisse faire. Lou aussi, avec le sourire. Morgan tend la joue à son tour, Léna hésite.

— Vous ne vous embrassez jamais ?

— On se checke.

— À partir de maintenant, on s'embrasse.

— Même dehors, devant les autres ?

— On verra.

Léna cède. La soirée d'hier a dû chambouler son sens des priorités. Lorsqu'on se quitte sur le trottoir, une vague de stress m'envahit. Ce ne sont pas mes enfants, mais ils sont désormais sous ma responsabilité. J'ai peur de les laisser partir. J'ai tout aussi peur d'affronter le lycée, Maureen, Clara et les autres. Je ne dois rien changer à mes habitudes et faire comme si j'avais passé un week-end tout à fait normal. Je sais mentir, mais là, c'est différent. Je suis une criminelle en liberté.

11.

C'était bien, ce matin, avec les enfants. On a joué à se faire croire à une nouvelle vie, on a imaginé des mensonges autour de notre secret, mis au point des règles pour les semaines à venir. J'ai quand même songé à abandonner, me rendre à la police et tout leur raconter, qu'on en finisse. Le jeu pouvait s'arrêter là. Les enfants m'en auraient voulu sur le moment, puis ils auraient compris. J'ai hésité devant le lycée. J'étais prête à faire demi-tour, lorsque le CPE, M. Delage, est arrivé derrière moi, en retard lui aussi. Il m'a dit que c'était la première fois depuis des années. Au lieu d'être stressé par l'événement, il a souri et m'a invitée à entrer. Il a ajouté qu'il y avait des choses plus graves dans la vie, qu'un peu d'imprévu et de légèreté ne pouvaient pas faire de mal de temps en temps. J'ai écouté ses jolies paroles et l'ai suivi. Question imprévu, j'avais ce qu'il fallait. Restait la légèreté.

J'ai passé la journée entre deux mondes, l'un réel, l'autre onirique, comme s'il était sans conséquences d'avoir assassiné un homme, caché son corps et pris sa place à la tête d'une famille.

À midi, j'ai mangé avec Maureen et Clara. On a parlé du week-end à venir ; on a prévu un shooting avec maquillage et tenues piochées dans la garde-robe de Maureen, un karaoké et peut-être un tour en mer, si la météo le permet. Son voisin possède un voilier, il l'invite souvent. On pourra même y dormir une nuit, il y a tout ce qu'il faut à bord. C'est génial, paraît-il, la mer sous les étoiles. J'ai dit oui à tout avec le sourire. J'ai le temps de leur annoncer que je ne pourrai pas.

Après déjeuner, on a eu philo. J'en ai profité pour faire un planning des jours à venir. Ça ne va peut-être pas leur plaire, mais les enfants devront m'aider à nettoyer leur appartement. Il est crasseux, sombre, et l'atmosphère y est saturée d'odeurs de friture et de cigarette. Si la salle de bains est dans le même état que la cuisine, c'est un nid à microbes. Je ne suis pas maniaque, mais il y a des limites à ne pas dépasser en matière d'hygiène.

C'est plus fort que moi. Depuis que j'ai tué Félix, je fais comme s'ils étaient les miens. L'avenir dira si c'est un service que je leur rends. Il faudra aussi qu'ils m'expliquent où est leur mère exactement. Lucien l'a évoquée un jour, entre deux tartines de chocolat et plusieurs épisodes des *X-Men*, mais je n'ai pas tout compris. Il a dit qu'elle était en cure de désintoxication, sans préciser où ni depuis combien de temps. Peut-être un mensonge qu'on lui a raconté pour l'épargner, possible qu'elle soit morte depuis des années. Si elle ne l'est pas, il doit y avoir un moyen de la joindre. Ou de savoir ce qu'elle devient. Je poserai la question aux grands, je leur demanderai également des infos sur leur père. Il y a trop de mystères dans cette famille, depuis bien trop longtemps. Lou et Lucien ne peuvent pas se construire dans cette pénombre.

Après la philo, on n'a pas échappé au devoir sur table d'histoire-géo. Au choix, un discours d'Obama datant de 2009 ou les défis de la croissance en Asie. Je me suis plongée sans effort dans le premier sujet, comme une élève appliquée, soucieuse d'obtenir son bac avec mention pour intégrer la meilleure école d'architecture. Ils sont pourtant loin, les Norman Foster, les William McDonough, Charles Correa ou Laurie Baker, qui, encore hier, me faisaient rêver. Je ne dessinerai plus de tours respectueuses de l'environnement, plus de gares ni de parkings qui se fondent dans la nature. La seule chose qui me reste à construire, c'est une vie de famille, vouée à s'effondrer. Je ne sais pas si j'aurai l'énergie nécessaire pour la rendre belle et joyeuse. C'est pourtant, désormais, mon unique ambition : offrir aux enfants ce dont on les a privés, Félix le premier. Si l'aventure ne doit pas aller plus loin que Noël, autant en profiter, dépenser l'argent et la volonté dont je dispose encore. Ensuite, ce sera la panne d'essence, tout le monde descend. On attendra sur le bord de la route que quelqu'un s'arrête et nous emmène, chacun de son côté, famille d'accueil ou foyer pour eux, garde à vue et prison pour moi. Nos chemins se sépareront, on aura de beaux souvenirs à emporter dans notre vie future.

Pendant ma pause, entre deux heures de repassage à l'hôtel Bérénice, j'ai reçu un SMS de Benjamin. Hier, il a hésité à m'appeler pour qu'on passe la soirée ensemble. La vie se joue sur ce genre de détails. Il aurait dû oser, me donner rendez-vous sur le ponton du phare, au McDo ou là où il voulait. En mauvais garçon, il m'aurait empêchée de partir, volé un baiser et coincée dans les cordes d'un affreux dilemme. J'aurais repoussé le moment de rentrer et personne n'aurait ouvert à Lucien lorsqu'il serait venu frapper à ma porte. Il n'y aurait pas eu de Félix, pas de marteau, pas d'enterrement sur les bords de Seine. Jusqu'ici, je ne croyais pas à l'effet papillon.

Je ne reverrai pas Benjamin. Ce n'est plus possible, désormais. Je ne pourrai ni lui mentir, ni me laisser aller à l'aimer, ce serait trop douloureux. Cela veut aussi dire que je ne ferai jamais l'amour. Je ne connaîtrai pas le plaisir d'être caressée, aimée en douceur, sans violence, sans larmes de rage ou de honte. Dommage, je commençais à me dire que si mon corps avait été sali par un homme, il pouvait être lavé par un autre dont j'aurais été amoureuse. J'aurais alors peut-être réussi ce tour de force qu'est la résilience. Trop tard, je partirai sans avoir de réponse.

Je n'ai pas encore fait la liste des choses que je ne ferai plus, elles m'apparaîtront au fur et à mesure. La nature ayant horreur du vide, je vais être assez occupée pour ne pas avoir le temps de les regretter. Je n'ai pas non plus l'intention de me morfondre ni de crier à l'injustice. C'était écrit comme ça et il y a pire. Dans les hôpitaux, les zones de guerre, les camps de réfugiés où l'on meurt de faim, on me rirait au nez. Je ne suis pas une martyre, seulement une victime comme les autres. Je vais aller là où le vent me pousse, plus la peine de lutter, le destin a démontré plusieurs fois qu'il était le plus fort. Je ne sais pas pourquoi il m'a menée jusqu'à Lucien et ses frère et sœurs, j'espère qu'il a une bonne raison.

Il est 20 heures passées lorsque je quitte l'hôtel Bérénice. J'ai faim et mal à la tête. Mon corps ne me soutenant plus, les nerfs assurent l'intérim. Normalement, je devrais réviser la SVT pour demain, mais il y a plus urgent : le frigo des enfants.

— On n'achète pas de saucisses ?

— Ce ne sont pas des saucisses.

— Il y a marqué « saucisses » en gros !

Léna a cédé pour le Coca et le pack de cordons bleus, mais le sujet des saucisses a l'air sensible. C'est mon côté psychorigide, même si je préfère parler de bon sens. J'ai banni depuis longtemps de mon alimentation tout ce qui était industriel, un poison que l'on s'injecte par négligence. On le sait, mais on continue. Léna a douze ans, c'est encore loin de ses préoccupations. Elle va lever les yeux au ciel pendant mon petit laïus, se dire que je suis chiante, mais je m'en fiche, je sais que j'ai raison.

— Tu as déjà vu comment elles sont faites, ces saucisses ? C'est de la viande, pas les meilleurs morceaux, pas forcément celle indiquée sur le paquet, qu'on transforme en un gros vomi avec de l'eau, du sucre, des colorants et pas mal de produits chimiques. Tout est fait en machine, étudié, calibré, pensé pour être rentable. C'est la même chose avec le jambon, les nuggets, le surimi et presque tout ce que tu as ici. Tu vois le saumon, là ? Il est plein de colorants. Les gens ne l'achèteraient pas s'il n'avait pas cette couleur orange.

— C'est pas orange, le saumon ?

— Si, mais celui-là est fluo.

Léna doute de ma santé mentale. Elle est en train de se dire qu'avec ma tête de déterrée et la tension qui m'habite il ne faut pas me contrarier, je pourrais dégoupiller en plein rayon charcuterie. Qu'on cache les marteaux et tout ce qui y ressemble !

— Alors, on achète quoi ?

— Rien sous plastique.

— Des pâtes, on peut ?

— On peut, mais il n'y a pas que les pâtes. Il y a des tas de céréales que personne ne prend la peine de cuisiner. Avec des légumes frais, ça fait des repas complets. Et moins chers.

Elle acquiesce sans conviction. Possible qu'elle regrette de m'avoir accompagnée. Possible aussi qu'elle se repasse le film des dernières vingt-quatre heures et qu'elle s'en veuille d'avoir laissé Lucien frapper à ma porte. La fuite d'eau leur aurait valu une engueulade et quelques baffes, rien de terrible, comparé au fait d'avoir signé un pacte avec une névrosée de l'alimentation.

— Ça veut dire qu'on va devenir végétariens ?

Je lis l'inquiétude sur son visage, j'ai été trop loin.

— Non, mais on va manger sain. La viande au rayon boucherie, le poisson à la poissonnerie.

— J'imagine que le Nutella et les Chocapic, c'est mort ?

Pas vraiment d'amertume, plutôt de la résignation. En la voyant pousser le chariot, je me dis que je ferais une mère rigide et austère.

Il est 20 h 45 et le supermarché va fermer. En rentrant de l'école, Léna a préparé des goûters pour tout le monde et vérifié les devoirs de Lou et de Lucien. Si j'ai bien compris, c'est la première fois. Elle n'est pas ressortie traîner avec ses copains et prend son nouveau rôle au sérieux.

C'est peut-être elle, la mère dont les enfants ont besoin. En tant qu'aînée, elle dispose d'une autorité naturelle. On verra avec le temps.

Soixante-douze euros trente ! Le caddie était plein et chacune de nous porte deux sacs à bout de bras. C'est bien que Léna soit venue.

Quand les petits seront couchés, il faudra qu'on parle, qu'on fasse le point sur nos ressources. Avec ce que je gagne, on ne va pas tenir longtemps. L'argent est le nerf de la guerre, tout le monde le sait. Je pourrais demander une rallonge à Hélo, mais ma tante n'est pas en mesure de subvenir aux besoins de cinq personnes. Et elle poserait des questions auxquelles je n'ai pas envie de répondre.

— Au fait, le patron de Félix a appelé, m'informe Léna.

La fatigue et mon mal de tête ne m'aident pas à réagir à la nouvelle. Elle est pourtant d'une importance capitale.

— Il a laissé un message ?

— Un sur le fixe et deux sur son portable. Dans le dernier, il était plutôt énervé.

Je me rends compte seulement à cet instant que j'ignore quel était le travail de Félix. Léna m'explique qu'il faisait un peu de tout, qu'il a été réparateur télé, jardinier, barman. Que chaque fois, il se faisait virer. Son dernier boulot, c'était dans une casse sur la route d'Étretat.

Je n'ai pas la tête à trouver des solutions maintenant. J'ai faim et trop de sommeil à rattraper. Léna aussi, elle bâille tous les dix mètres. On verra demain. On ne prend jamais les bonnes décisions dans la précipitation.

12.

J'ai fait des cauchemars et mes jambes sont raides. Pas seulement mes jambes, mes bras et mon dos également. J'ai fui toute la nuit. J'ai vu la Seine, une tombe s'ouvrir, un corps sortir de terre, un marteau à la main. Et je me suis enlisée. J'ai fait ce cauchemar plusieurs fois. J'ai sans doute appelé à l'aide, mais personne ne m'a entendue.

Je ne me suis pas réveillée à l'heure parce que mon téléphone est éteint. J'ai oublié de le brancher quand je me suis couchée. Le stress explose soudain en moi : les enfants vont être en retard ! L'espoir de sauver la situation tient le temps que mon portable s'allume, avant d'éclater comme un ballon à la fête foraine. Sur l'écran, je lis « 10 h 42 ». Tout le monde est au courant que la famille Archin n'est pas en cours. La directrice de l'école primaire va appeler pour savoir où sont Lucien, Lou et Morgan. Le principal du collège fera la même chose pour Léna. Leurs soupçons seront éveillés, ils auront l'œil sur eux, sur moi. Ils en informeront maîtres et professeurs, tous seront vigilants et décèleront des changements qui les conduiront à pousser plus loin leur enquête. En croyant les protéger, ils précipiteront leur malheur. Je dois empêcher ça.

En moins de cinq minutes, je suis habillée et coiffée. Je me raccroche à l'idée qu'ils sont débrouillards et que Félix les a plus d'une fois laissés livrés à eux-mêmes. Possible qu'ils se soient préparés sans moi, mais il y a des chances qu'ils ne soient pas encore levés. Ils sont épuisés. Pas seulement depuis dimanche soir, depuis toujours. Ils n'ont pas une vie d'enfants. J'attrape la clef de leur appartement et sors sur le palier. Je tends l'oreille dans l'escalier, je ne veux pas qu'on me surprenne pénétrant chez eux. Lorsque j'entre, je n'entends rien ; ils dorment ou ils sont morts. Je ne sais pas pourquoi j'ai cette angoisse. Un réflexe maternel, peut-être. Les volets sont ouverts, les portes des chambres aussi. Il y a du bazar dans le couloir et dans le salon, mais aucun signe de vie. Mille pensées me passent par la tête. Il leur est arrivé quelque chose, quelqu'un leur a fait du mal ou les a emmenés quelque part. La police. Ou le patron de Félix, pour l'obliger à venir travailler. Il les a pris en otages jusqu'à ce qu'il se manifeste. C'est impossible, c'est même idiot. Alors, où sont-ils ?

Je ne suis pas faite pour m'occuper d'enfants. Je suis nulle, irresponsable, et les conduis tout droit en enfer. Jamais je n'aurais dû accepter cette charge, elle est trop lourde. Par la fenêtre, je ne vois que des vieux qui promènent leur chien, des mères au foyer ou des chômeurs revenant d'acheter du pain. Je sens mon corps se vider, se fissurer. J'ai besoin d'une chaise pour ne pas m'effondrer. Quand j'aurai repris des forces, j'appellerai la police, qu'on les retrouve. Plus le temps passe, plus le danger augmente.

Sur la table du salon, j'aperçois un mot écrit au feutre. J'y lis mon prénom à l'envers. En tournant la feuille déchirée dans un cahier, je reconnais une écriture d'enfant : « On a déjeuné, on s'est brossé les dents, on sera à l'heure à l'école. On te laisse dormir, on sait que tu es crevée. Bisous, Léna, Morgan, Lou, Lucien. »

Il y a des cœurs dessinés dans les coins. La feuille est floue derrière le rideau de larmes que déversent mes yeux. Même si je voulais les retenir, je n'y parviendrais pas. Quelques mots griffonnés sur un coin de table ont transpercé mon armure. Des mots d'amour. Un message d'espoir qu'ils m'envoient. En se préparant seuls, ils me montrent qu'ils sont capables d'assumer leur part de responsabilités. Je peux compter sur eux, nous sommes plus qu'une équipe, nous sommes une famille.

Mon fatalisme vient de prendre un coup de massue sur la tête. Bien fait pour lui ! Et je ne suis pas à l'abri d'autres surprises de ce genre. Toutes seront bonnes à prendre.

À 11 heures, il est trop tard pour aller au lycée. Je pourrais y retourner à 14 heures pour l'anglais et la physique, mais je ne le ferai pas, j'aurais l'impression de perdre mon temps. Je préfère rester ici, c'est le seul endroit où je serai utile.

Grâce à ma clef USB branchée sur la télévision, la musique de Noun tourne en boucle dans le salon. Les fenêtres sont grandes ouvertes et les huiles essentielles que j'ai vaporisées sont en passe de gagner la bataille contre les odeurs de friture et de cigarette. J'ai nettoyé tout ce que j'ai pu à l'eau de Javel ou au vinaigre blanc, plus aucun microbe ne s'aventurera dans la salle de bains ou la cuisine de sitôt. Le frigo, les placards et toute la vaisselle sont propres. Les draps des lits, qui n'avaient pas dû être lavés depuis des semaines, tournent dans la machine. J'ai rangé les chambres et le salon. Dans l'entrée, trois sacs-poubelle attendent d'être sortis. J'ai jeté tout ce qui traînait, papiers, emballages, cannettes vides. Ce n'est pas un appartement neuf, mais il fait meilleur y vivre. Pour bien faire, il faudrait laver les rideaux, lessiver les murs ou même les repeindre. Je ne suis pas Mary Poppins, on verra ça plus tard.

J'y ai passé quatre heures et je peux enfin souffler. Une salade d'endives et des pâtes m'attendent sur la table du salon. Je dois aussi répondre aux messages de Maureen et de Clara. Elles veulent savoir pourquoi je ne suis pas au lycée. Je leur dirai que je ne me sentais pas bien, que ça ira mieux demain. J'ai aussi un SMS de Benjamin, qui me fait mal. Il part en mer lundi pour plusieurs semaines. Il aimerait embarquer en ayant eu de mes nouvelles, à défaut de m'avoir vue. Il me laisse tout le temps dont j'ai besoin, mais trouverait dommage qu'on ne donne pas une chance à notre amour naissant. C'est un garçon gentil et honnête. Pas comme moi, qui n'ai pas le courage de lui dire qu'on ne pourra plus se voir. J'attendrai lâchement qu'il ait quitté Fécamp.

À l'autre extrémité de la table patiente une boîte, trouvée dans la chambre de Félix. Des fiches de paye, d'assurance, des quittances de loyer ou de gaz y sont entassées. À côté, un portefeuille avec une carte de crédit. J'ai aussi trouvé un ordinateur portable. Il est vieux, pèse une tonne et plusieurs touches manquent sur le clavier. Au moins, il s'allume. Je n'ai pas réussi à accéder à la page d'accueil, il faut un mot de passe. C'est sans doute illusoire, mais j'y dénicherai peut-être les identifiants et les codes de ses comptes bancaires. Je ne suis plus à ça près. Après le meurtre et la dissimulation de cadavre, le vol et l'usurpation d'identité ne pèseront pas bien lourd dans la balance de la Justice.

Hier, je pensais que tout le monde nous épierait, poserait des questions, fantasmerait sur l'absence de Félix, mais rien n'est moins sûr. Les faits divers regorgent d'enfants séquestrés par leurs parents, de personnes âgées mortes depuis des semaines dans leur appartement, de familles sous l'emprise d'un père ou d'une mère moitié gourous, moitié déments. Chaque fois, la même réponse, glaçante : « On n'a rien vu, on n'aurait jamais cru. » Chez moi non plus, personne n'a ni vu ni cru que mon père pouvait être un prédateur. Pas seulement parce que ma mère s'appliquait à donner le change, mais parce que les gens ne veulent pas savoir. Ce ne sont pas leurs affaires, ils ont d'autres problèmes. Pour une fois, l'indifférence pourrait me servir !

Tout à l'heure, j'irai chercher les enfants à l'école. Lucien, Lou et Morgan. On passera à la boulangerie acheter des éclairs au chocolat. C'est un jour à célébrer, celui où l'on a décidé de se serrer les coudes. Léna est trop grande pour qu'on l'attende à la sortie du collège, elle nous rejoindra à la maison et nous fêterons ensemble cette date historique. Il y en aura d'autres, plus sombres.

13.

Les examens blancs avant les vacances de la Toussaint ont épuisé toute la classe sauf moi. Pour une raison simple, je ne me soucie pas du résultat. J'ai même mis un point d'honneur à rendre copie blanche en philo. Je suis partie au bout d'une heure, comme l'autorise le règlement, et je suis rentrée chez moi. J'étais pourtant disposée à plancher, mais le premier sujet a réduit ma motivation en miettes : « Vivons-nous pour être heureux ? » Je me suis demandé si la prof l'avait fait exprès. C'était tellement ironique que j'en ai souri. Maureen et Clara m'ont encouragée à rédiger quelques lignes avant de capituler en voyant ma tête amusée. Peu importe que j'aie de bonnes ou de mauvaises notes, ma vie est ailleurs. Je vais au lycée pour donner l'illusion que rien n'a changé. Les heures de baby-sitting ou celles que je passe à l'hôtel Bérénice, c'est différent. On a besoin d'argent, le plus possible. On ne connaît toujours pas le mot de passe pour déverrouiller l'ordinateur de Félix. Dans son portefeuille, on a trouvé une carte de visite avec « DIOR AGOSS » griffonné dessus. Ça ne veut rien dire, on a essayé dans tous les sens, l'ordinateur a été formel :

code incorrect. Quant à celui de la carte bleue, on ne peut pas essayer au hasard ; au bout de trois tentatives dans un distributeur, elle serait avalée et la banque tenterait de le joindre pour la lui restituer.

Personne, dans l'immeuble ou ailleurs, ne semble avoir remarqué que Félix n'a plus reparu depuis maintenant six jours. Certains voisins m'ont vue entrer dans l'appartement des enfants, seule ou avec eux, sans que ça suscite la moindre interrogation. En apparence, du moins. À l'école primaire, il semble même établi que je suis la baby-sitter, voire une grande sœur ou une cousine. Quand je suis allée les chercher, tout à l'heure, pour le dernier jour de classe, la maîtresse de Lucien m'a interpellée. J'ai senti grimper l'adrénaline, mais elle voulait seulement me dire qu'il faudrait envisager de lui faire passer un test psychométrique afin d'évaluer son QI. Monsieur montre des signes de précocité et pourrait être amené à sauter une classe. J'ai éprouvé une grande fierté, comme s'il s'agissait de mon petit frère ou de mon fils. En plus, je m'en doutais. Sa façon de parler comme un adulte, sa maturité, son sens de l'humour. Possible qu'il ne soit pas le seul de la fratrie. Je miserais bien une pièce sur Léna, tellement différente des filles de son âge. Morgan est loin d'être idiot, même s'il redouble son CM2. Quant à Lou, elle ne montre rien, ce qui ne veut pas dire qu'elle soit en retard.

J'essaye de comprendre comment ils ont vécu avant que je ne déboule dans leur vie, comment ils ont supporté les épreuves, la violence, comment ils se sont protégés, chacun à sa manière. Il faudra du temps pour qu'ils se livrent, si un jour ils le font. Léna m'a dit que Félix ne l'avait pas agressée sexuellement, j'espère que c'est vrai. Je suis bien placée pour savoir que ces secrets, ligotés par la honte, peuvent ne jamais trouver le chemin de la parole. À quatre, ils étaient plus forts que je n'ai pu l'être seule, mais combien d'années encore auraient-ils subi la brutalité de leur beau-père ? Peut-être auraient-ils fui, eux aussi. Ils auraient choisi une destination au hasard, rempli un sac, et en avant l'aventure ! Ce temps dérobé au fatalisme vaut tout l'or du monde. Rien n'est pire que de rentrer chaque soir dans l'enfer de sa cellule. L'image de soi en est souillée, barbouillée de lâcheté et de résignation. L'abdication ne tarde pas à pointer son nez, mort cérébrale apaisante quand tout espoir est vain.

— Qu'est-ce que tu fous ? Tu viens jouer ou quoi ?

Léna est écarlate à force de faire des allers-retours dans le toboggan de la piscine. Morgan et Lucien ne sont pas mieux, ils en sont à une trentaine de descentes chacun. Lou n'est pas en reste, c'est la première fois que je la vois rire autant. Leurs maillots de bain sont trop larges ou trop serrés, leurs têtes ressemblent à des boules de bowling à cause des bonnets en latex, mais ils sont heureux. C'est une surprise que je leur ai réservée, pour fêter le début des vacances. Ça fait deux heures qu'on est là, je me demande comment ils n'en ont pas marre. J'ai joué avec eux dans la rivière à contre-courant, chronométré celui qui tenait le plus longtemps sous la cascade, puis en apnée ; ils sont infatigables.

Je n'avais pas mis les pieds dans une piscine depuis le collège, impossible de me montrer en maillot de bain. Ça n'a plus d'importance, maintenant. J'ignore les regards et, de toute façon, je sais me défendre. Je sais même faire disparaître un corps... Parfois, j'en plaisante ; je m'imagine marchant dans la rue, un marteau accroché à la ceinture comme, à d'autres époques, on portait épée ou pistolet. J'ai aussi rêvé que je passais à la caisse d'une quincaillerie, un chariot rempli d'une centaine de marteaux, de pelles et de bâches. Je les déposais sur le tapis roulant, sans me soucier des clients qui faisaient cercle autour de moi. Tout cela me paraissait normal, c'était mon matériel professionnel.

— Tu viens, ça ferme dans dix minutes !

Lucien porte deux brassards en plastique qu'il ne quitte pas pour descendre dans le tunnel du toboggan. Il alterne avec des plongeons dans le grand bain, nage comme il peut pour rejoindre le bord, remonte et file vers l'escalier pour glisser à nouveau. Cette sortie à la piscine est un moment de pur bonheur, pour eux comme pour moi. J'ai d'autres idées en tête, des plaisirs simples qui embellissent la vie.

Sur le trottoir, un gros 4 × 4 n'a pas pris la peine de se garer correctement. C'est quelqu'un de pressé, probablement énervé. Je sens ces choses-là : le danger, le malheur qui rôde, l'air de rien. Avant de pousser la porte de l'immeuble, je sais qu'il est là.

— C'est vous, les gosses de Félix ?

Lou est entrée la première, suivie de Lucien. Au son de la voix de l'homme, elle s'est figée. Je ferme la marche et ne vois pas la tête du visiteur. Je devine juste qu'il est grand, trapu, et qu'il n'a rien d'amical.

— Vous êtes qui ?

Morgan n'a pas peur de lui, mais aurait dû se taire. Poser la question, c'est déjà donner une réponse à l'homme qui n'a pas encore daigné se présenter. Et trop tard pour les faire entrer chez moi comme si de rien n'était, c'était pourtant une bonne idée.

— Je suis son patron et j'aimerais bien lui causer entre quat'z-yeux ! Vous savez où il est ?

J'avais raison pour le 4 × 4, il est à lui.

— Il est parti en Italie, dis-je en passant devant les enfants. Il ne sera pas de retour avant plusieurs semaines.

— En Italie ?

— Chercher du travail. Vous pouvez vous pousser ? Il est tard et les enfants ont faim.

L'homme, incrédule, s'écarte pour me laisser ouvrir la porte. Lou est en mode automate, elle entre, les autres suivent, sauf Léna, qui reste près de moi.

— Comment ça, chercher du travail ? Il en a ici, du boulot ! Ça fait une semaine que je l'attends !

— Je n'en sais pas plus. Si j'ai des nouvelles, je lui dirai que vous êtes passé.

— Parce qu'il vous appelle ? Moi, ça fait des dizaines de messages que je lui laisse, il répond jamais !

Je ne trouve rien à lui rétorquer et détecte le doute dans son esprit. Il ne partira pas sans avoir d'explication.

— Et si je réessaye maintenant ? À cette heure, on fait quoi, en Italie, on mange des pizzas ? Il a peut-être son téléphone à portée de main ?

Je déteste la perfidie de son ton. Déjà, il compose le numéro du portable de Félix. S'il sonne dans l'appartement, il saura qu'on a menti.

— Vous n'avez qu'à entrer, si vous nous croyez pas, marmonne Léna. Vous faites le tour et vous nous laissez tranquilles.

L'homme hésite, son téléphone à la main. Celui de Félix, que j'ai rechargé dans la matinée, devrait sonner ; pourtant, je n'entends rien.

— Bon alors, vous vous décidez ?

La balle est dans son camp. Il sait que ça n'est pas correct de pénétrer ainsi chez les gens, mais au moins, il en aura le cœur net.

— OK, je fais un tour et je m'en vais.

Il s'est radouci et paraît presque mal à l'aise. Léna entre la première, je laisse l'intrus passer devant moi et le suis sans refermer la porte, pour lui faire comprendre que la visite ne doit pas s'éterniser. La dernière fois qu'un adulte a mis les pieds dans cet appartement, il en est ressorti dans une bâche.

— C'est bon ? Vous avez vu ce que vous vouliez voir ? demande Léna lorsque toutes les pièces ont été inspectées.

— J'ai vu, oui. Quand il rappellera, vous lui direz qu'il est grillé dans pas mal de boulots de la région. Je connais du monde, ici. Et ses indemnités, il peut s'asseoir dessus. Il ferait même bien de rester en Italie, si vous voulez mon avis !

— On lui dira. Je suis pas sûre qu'il ait l'intention de revenir, de toute façon.

Léna s'enflamme et ne mesure pas la portée de sa réplique. L'interrogation renaît dans le regard de l'homme, qui bloque sur le seuil de l'appartement.

— C'est peut-être indiscret, mais qui s'occupe des gosses ? Vous ?

La question s'adresse à moi.

— Oui pour les deux.

Il fronce les sourcils et m'oblige à préciser :

— Oui, c'est moi qui m'occupe d'eux, et oui, c'est indiscret.

Il nous dévisage l'une après l'autre. Ni Léna ni moi ne flanchons, on en a vu d'autres.

— Vous avez raison, c'est pas mes oignons, finit-il par reconnaître. S'il appelle, dites-lui qu'on prévient quand on quitte un boulot.

J'acquiesce, mais ne réponds rien. Aucune envie de poursuivre la conversation.

— Désolé pour le dérangement ! Bonsoir !

À peine a-t-il tourné les talons que je ferme la porte. Léna file vers la fenêtre de la cuisine pour vérifier que l'homme quitte bien l'immeuble. Au pouce qu'elle lève, je comprends qu'il n'y a plus de danger. Si la tension retombe, il reste un détail à éclaircir : pourquoi le téléphone de Félix n'a-t-il pas sonné ? Et où est-il ? Je ne l'ai pas vu en faisant le tour de l'appartement. Dans mon souvenir, il était sur le buffet du salon.

— Quelqu'un a pris le téléphone de Félix ?

— Moi !

Morgan affiche un grand sourire en tirant le portable de la poche de son pantalon. Lorsque le patron de Félix a menacé d'appeler, il a foncé couper la sonnerie. Sans lui, l'homme aurait compris qu'on mentait. Il serait reparti avec des soupçons plein la tête et aurait fini par en parler autour de lui. D'une façon ou d'une autre, il nous aurait mis en danger. On s'en sort bien, mais c'était moins une.

— Pourquoi Félix a pas pris son portable pour aller en Italie ?

Lou vient de refaire son apparition. Jusqu'ici, elle n'y avait pas réfléchi, mais sa question est sensée.

— Justement, parce que c'est l'Italie. C'est pas le même réseau, il marcherait pas, là-bas !

Lou a l'habitude des réponses sèches de sa sœur. Elle lui fait généralement confiance, mais cette fois, elle tique.

— Je croyais qu'il fallait juste changer la carte SIM ?

— D'où tu connais ça, toi ?

— À l'école, la maman d'Abbie est anglaise. Quand elle va en Angleterre, elle change de carte, mais elle garde son portable.

Léna a un moment d'absence, ce qui ne doit pas lui arriver souvent. Ni Morgan, ni Lucien, ni moi n'avons d'explication valable à fournir. Heureusement, Lou propose elle-même une solution :

— Peut-être qu'il l'a laissé pour nous ?

— Voilà, c'est ça ! C'était dans le mot qu'il a écrit, confirme Léna. On peut l'utiliser à condition de ne pas exploser le forfait. T'as d'autres questions ou on peut manger ? Parce que j'ai la super dalle, moi !

La deuxième alerte de la soirée est passée, mais elle devra nous servir de leçon. Le danger peut venir de partout. Il faudra être plus vigilants, la prochaine fois.

Que Dieu lui pardonne

Il est presque 20 heures et je dois partir pour un baby-sitting. Je ne rentrerai pas avant 3 heures du matin, mais j'aurai soixante-dix euros en poche. Et demain, à 7 heures, je serai à l'hôtel Bérénice. Sans argent, on ne va nulle part. J'ai envie d'aller loin avec ces enfants.

14.

Les vacances de la Toussaint passent trop vite. Ménage et repassage à l'hôtel le matin, sandwich vite avalé à midi et baby-sitting jusqu'à 18 heures. Tous les jours, sauf le jeudi et le dimanche. Je suis exténuée, mais je fais un effort pour jouer avec les enfants. On a ressorti un vieux 1000 Bornes et un Monopoly, auxquels Lucien triche avec une mauvaise foi sidérante. On fait aussi des jeux de mimes et on regarde des films que je télécharge illégalement sur Internet, on n'est plus à ça près. La bonne nouvelle, c'est que Lou délaisse de plus en plus ses poupées pour s'amuser avec ses frères et sœur. Elle se révèle, elle est drôle ; on dirait qu'eux aussi la découvrent. Elle-même se surprend à être une autre petite fille. C'est peut-être l'absence de Félix qui la désinhibe ; en tout cas, elle ne semble plus inquiète.

J'ai décliné l'invitation chez Maureen, un crève-cœur. Elle et Clara sont mes seules amies. Je leur dois le lien social que j'ai tissé à Fécamp et la danse avec Déborah, qui m'a apporté plus que je n'imaginais ; grâce à elles, je me suis sentie une lycéenne et une adolescente comme une autre, au moins pendant quelque temps. Mais je n'aurais pas pu faire semblant toute une soirée et toute une nuit, affronter ces moments complices où l'on échange nos petits secrets. Qu'aurais-je eu à raconter ? J'ai tué mon voisin d'un coup de marteau parce qu'il a tenté de me violer, j'ai embarqué une gamine de douze ans pour enterrer son cadavre et, depuis, on vit à cinq en faisant croire que tout va bien ? Je leur ai dit que j'avais accepté des après-midi de baby-sitting dans une nouvelle famille et des heures sup chez Mme Lavigne. Elles ont été déçues, mais elles ont compris. Ou elles ont fait comme si.

Quant à Benjamin, son dernier SMS date d'une semaine : un emoji de cœur brisé. Il est parti en mer et m'oubliera plus vite que je ne voudrais ; ma vie amoureuse vient d'intégrer le *Guinness des records* dans la catégorie « Désastres ». Quelques baisers échangés avant de rentrer chez moi comme une voleuse, pas de quoi fanfaronner auprès des copines. Haut les cœurs, on fera mieux la prochaine fois !

Pourtant, je ne regrette rien. Mes projets ne sont plus les mêmes que lorsque je suis arrivée à Fécamp. Ils sont nettement plus ambitieux. Je ne sais pas si nous tiendrons jusqu'à Noël, mais chaque jour qui passe est une victoire. Une victoire pour nous, une défaite pour les services sociaux. Cela fait presque deux semaines que nous vivons livrés à nous-mêmes et personne n'a encore posé de questions. L'indifférence est le terreau de toutes les horreurs, ça ne date pas d'hier. Les chiffres de ce pays, persuadé d'être civilisé, sont une honte que chacun s'applique à passer sous silence : viols, meurtres, coups, humiliations, avec des peines rarement en adéquation avec la violence des actes, voire inexistantes. Les femmes en sont toujours réduites à devoir prouver qu'elles n'ont pas incité leur agresseur à les violer ; une jupe trop courte, un rouge à lèvres trop voyant, un sourire, tout est sujet à provocation. Quant aux enfants, depuis l'affaire d'Outreau, tout le monde se méfie de leur parole. Résultat, un homme vient d'écoper de dix-huit mois avec sursis pour le viol de sa fille d'à peine deux ans. Le message envoyé par les tribunaux est clair : l'inceste n'est pas un crime.

Depuis que Félix n'est plus là, les enfants et moi vivons dans une espèce de no man's land. Personne ne s'y aventure, c'est un univers parallèle. Il est différent de la réalité, dans laquelle le législateur, être bienveillant par excellence, sait prévoir les situations les plus étonnantes. Pas celle-ci, on dirait !

Je rumine, je m'énerve contre le monde qui tourne à l'envers. Ça me défoule, c'est mon punching-ball virtuel. Heureusement, ça ne dure plus aussi longtemps qu'avant, je ne m'épuise plus à hurler mon dégoût ou à chercher des coupables invisibles. Depuis que j'ai quitté les Yvelines, un ami protecteur veille sur moi : le sommeil. Quand il me sent à bout, il m'attire dans ses abysses. Il ressemble à une pieuvre. Certains de ses tentacules m'enlacent, d'autres repoussent mes cauchemars. Parfois, il échoue ; je ne lui en veux pas, il fait ce qu'il peut.

— Putain, j'ai le code !

C'est la voix de Morgan. Il avait juré de ne plus dire de gros mots, au moins à la maison. Visiblement, la promesse a fini aux oubliettes.

— J'ai le code, bordel de merde !

Je ne suis pas du matin, il me faut du temps pour émerger. Lorsqu'il déboule dans la salle à manger, une carte de visite à la main, je rêvasse devant ma tasse de thé. Je ne sais pas de quoi il parle, mais ça a l'air important. Les autres rappliquent. On est tous en pyjama, je suis d'ailleurs la dernière levée.

— Le code de quoi ? demande Léna. Celui de la carte bleue ?

La question atteint enfin mon cerveau et explose comme une fusée du 14 Juillet. Ne nous déçois pas, Morgan, dis-nous que c'est de cela qu'il s'agit ! Les factures sont tombées il y a trois jours, celles des loyers, du gaz et des charges de l'immeuble. Il y en a pour mille deux cents euros et je ne les ai pas. Si on ne paye pas, on recevra des lettres recommandées et l'agence demandera des explications.

— Le code de l'ordi !

Mon enthousiasme retombe un peu, mais, si c'est vrai, cela reste une bonne nouvelle.

— Putain, Morgan, ça fait une semaine qu'on l'a ! gémit Léna en lisant la carte de visite griffonnée. « DIOR AGOSS », c'est le code de rien du tout, on l'a essayé dix fois !

— On l'avait, mais on l'a pas déchiffré ! Faut des neurones, ma petite, pour piger ce que ça veut dire !

Morgan attrape le vieil ordinateur portable sur le buffet et l'allume, sûr de lui. Je m'approche pour participer à la fête, si fête il doit y avoir. Lucien fait confiance à son frère, tandis que Lou fronce les sourcils. Elle est en train de réfléchir à toute vitesse ; quelque chose lui échappe. À moi aussi.

— Vas-y, mets-le, ton « DIOR AGOSS », grommelle Léna lorsque l'écran invite à saisir un code.

Morgan reste calme. Il se concentre, jette un coup d'œil à Lucien, Lou, puis Léna. Personne n'ose l'interrompre. Ses doigts entrent des chiffres plutôt que des lettres. Avant de valider, il me regarde comme s'il était en train de désamorcer une bombe. S'il s'est trompé, on y passe tous. J'exagère un peu, mais l'idée est là. Il clique, chacun retient son souffle.

— C'est qui, le boss ? hurle-t-il au moment où la photo d'une voiture de sport apparaît.

Il a réussi. Plusieurs icônes étoilent l'écran. L'une d'elles, représentant un dollar, attire mon attention. Morgan l'a repérée aussi et clique dessus. Un dossier s'ouvre sur deux fichiers : l'un concerne des factures, l'autre un compte bancaire. Encore un clic et une page Word s'affiche, révélant un identifiant et un mot de passe. Ils correspondent au compte en ligne et permettent d'effectuer des virements. Plus bas, quatre chiffres s'étalent en gras, ne laissant aucune place au doute : on a le code de la carte bleue de Félix !

Léna a compris, mais n'en revient pas.

— T'as fait comment ? demande-t-elle comme s'il avait réalisé un tour de magie.

La fierté sur le visage de Morgan fait plaisir à voir. Pour une fois, c'est lui qui épate sa sœur aînée.

— « DIOR », c'est l'anagramme d'« ordi ». Et « AGOSS », c'est nos anniversaires ! « A-GOSS » : « l'anniversaire des gosses » ! J'ai rentré nos jours de naissance et voilà le travail !

C'était simple, même un peu idiot, mais personne n'y avait pensé. Notre avenir s'éclaircit enfin. On va pouvoir payer nos dettes, remplir le frigo, acheter des vêtements et peut-être même s'offrir un petit quelque chose pour fêter ça. Il est 10 heures du matin, on est jeudi, je n'ai ni baby-sitting ni ménage à l'hôtel Bérénice, la journée est à nous.

— Pourquoi il a pas pris sa carte bleue, Félix ?

Dans l'euphorie générale, on a oublié que, pour Lou, Félix cherche du travail en Italie. Elle sait que la monnaie y est la même qu'en France, sa question n'est donc pas stupide. Elle est d'autant plus inquiète qu'elle sent qu'on connaît tous la réponse ; par conséquent, qu'on lui a menti. Plus les secondes passent, plus son visage se décompose. Sa détresse m'est insupportable, elle me renvoie à la mienne lorsque ma mère faisait semblant de ne pas savoir ce que mon père m'avait fait quand je pleurais dans ma chambre.

— C'est de l'argent qu'il a laissé pour nous, sauf qu'il a oublié de nous donner le code, tente Léna. Et comme on n'a pas son nouveau numéro de téléphone…

— Félix ne reviendra pas, dis-je d'une voix glaciale que je ne reconnais pas.

Tous me regardent avec des yeux ronds comme des soucoupes. Lou est la seule à n'exprimer aucune peur, elle a besoin de savoir pour réintégrer le groupe que nous formons.

— Il ne reviendra pas parce qu'il est mort. C'est moi qui l'ai tué. En me défendant quand il a voulu me faire du mal.

Elle ne dit rien. Je lui laisse le temps nécessaire pour digérer l'information. Ses frères et sœur sont inquiets, ils savent mieux que moi comment elle peut réagir. Je m'attends à tout, c'est à elle de décider. J'ai fait selon ma conscience. L'aventure va peut-être s'arrêter là, elle me dénoncera à la police ou aux voisins, mais je ne regretterai pas mon choix. Si elle ne voit en moi qu'une criminelle, je ne lui en voudrai pas. Lou n'a que huit ans et tout le temps devant elle pour comprendre que les filles sont des proies faciles pour les hommes comme Félix. Pour les autres aussi, d'ailleurs : les violeurs n'ont pas de visage particulier.

— C'était le jour de la fuite d'eau ?

J'acquiesce en silence. Qu'elle aille à son rythme, je répondrai à toutes ses questions.

— Il a eu mal quand tu l'as tué ?

— Je ne crois pas, c'est allé très vite. Je ne voulais pas le tuer, juste me défendre.

— Parce qu'il voulait te taper ?

— Me faire souffrir, oui.

Elle marque une pause que tous respectent. Même Léna, qui manque généralement de patience avec elle. Lou a notre destin entre ses mains. Pour la première fois de sa vie, elle n'est plus la gamine rêveuse qui joue à la poupée dans son coin.

Morgan pose une main sur son épaule non pas pour l'influencer, mais pour lui apporter son soutien, quoi qu'elle décide. C'est un geste d'amour d'un frère envers sa petite sœur. J'aime profondément cet enfant. Je les aime tous, je me sens vivante auprès d'eux. Fais ce qui te semble bon, Lou ; dans tous les cas, tu auras raison.

— Alors, si on prend son argent, c'est pas du vol, puisqu'il est mort ?

— Non, ce n'est pas du vol, c'est juste pour continuer à vivre ensemble.

La seconde d'après, ils sont tous les quatre collés à moi, mes frères, mes sœurs, mes enfants. Nous ne formons qu'un, nous sommes une masse d'amour indéfectible. Peu importe ce qui arrivera par la suite.

15.

J'ai dit à Mme Lavigne que je ne viendrais plus travailler à l'hôtel. Les heures de ménage et de repassage, c'était pour subvenir à mes besoins, avec la perspective de passer mon bac et de devenir architecte. Ce n'est plus d'actualité. Ma seule ambition, aujourd'hui, est de durer jusqu'à Noël, de faire un beau réveillon et de voir les enfants ouvrir leurs cadeaux. Il reste sept semaines. Avec l'argent que Félix avait sur son compte, ni eux ni moi ne manquerons de rien. Ç'a été la surprise pour chacun de nous, jusqu'à ce qu'on découvre son projet secret. Dans l'ordinateur, il y avait un dossier « Argentine ». Des cartes, des plans de villes, des adresses d'hôtels, mais aussi une demande de visa, un CV en espagnol et des photocopies d'extraits de casier judiciaire et d'acte de naissance. C'est à ça que devaient lui servir les huit mille euros qu'il avait économisés : à quitter Fécamp pour refaire sa vie à l'autre bout du monde. Dans sa boîte mail, on a trouvé un message du consulat argentin datant du mois dernier. Les démarches étaient en cours, il allait partir sans prévenir. « On doit vraiment être trop cons pour qu'ils se barrent tous », a marmonné Léna en faisant référence à leur père biologique.

Ce sont les enfants qui m'ont poussée à arrêter mon travail à l'hôtel. Au départ, je voulais seulement réduire mes heures. J'ai hésité, mais dans la balance, il y avait le temps qu'on pourrait passer ensemble. Il n'a pas de prix. Pour les mêmes raisons, j'ai prévenu les familles que je ne ferais plus de baby-sitting. Je ne m'inquiète pas pour elles, elles trouveront quelqu'un pour me remplacer.

On est allés tous les cinq au distributeur au bout de la rue. Au moment d'entrer le code de la carte bleue, on a retenu notre souffle, mais quand on a vu les billets arriver, on a crié comme les mômes qu'on est tous. On a sorti mille cinq cents euros, le maximum autorisé par semaine. Ni eux ni moi n'avions jamais vu tant d'argent d'un coup. On a filé au centre commercial acheter des vêtements, des cartables et des baskets. Chacun a choisi trois DVD et trois bandes dessinées, et on s'est mis d'accord pour les jeux de société. Le reste a servi aux courses chez le poissonnier, le boucher et le pâtissier. Ça n'avait rien de rationnel, mais pas question de lésiner. Les enfants n'avaient jamais mangé de noix de Saint-Jacques, de médaillons de veau ou d'opéras, ce sera maintenant chose faite. Léna a proposé qu'on achète une bouteille de champagne, tout le monde a dit oui, même Lou et Lucien, qui l'ont recraché par le nez.

Quant aux factures, Morgan a démontré de vrais talents de faussaire. Impossible de distinguer sa signature de celle de Félix sur le chèque du loyer. Je le soupçonne de s'être déjà bien entraîné sur son cahier de liaison pour tromper sa maîtresse. C'est ça, la survie, tricher pour ne pas prendre de coups. Je fais la même chose depuis que j'ai quitté les Yvelines. Je mens à tout le monde pour me protéger. Léna est la seule à qui j'aie vraiment parlé de mon passé. Je n'ai pas tout dit et je m'attends à ce qu'elle pose des questions un jour ou l'autre. Avec ce qu'on a partagé, je la considère comme ma sœur. De toute façon, il faudra quelqu'un pour raconter aux autres quand je ne serai plus là.

Pour l'instant, on en profite. L'école a repris, on a notre rythme de croisière, personne ne s'étonne de nous voir sans Félix. À croire qu'il n'a jamais vécu ici. Une seule chose m'inquiète : l'avenir des enfants. Comment être sûre qu'ils resteront ensemble après moi ? J'ai consulté des forums en ligne : les pouvoirs publics assurent qu'ils font tout pour ne pas disperser les fratries, mais, en attendant de leur trouver une famille d'accueil, la case foyer est presque inévitable. Il faut que j'en sache plus sur leurs parents. Si leur père n'a donné aucun signe de vie depuis qu'il est parti, leur mère est sans doute joignable, même en cure de désintoxication. On doit pouvoir lui parler, lui expliquer qu'ils ont besoin d'elle. Je n'espère pas de miracle, mais c'est une option. J'aborderai la question avec Léna, elle en sait plus qu'elle ne veut bien l'avouer. Ce ne sera pas simple, le sujet est délicat.

On a conservé un rituel, avec Lucien. Ou plutôt, deux. Ils sont liés, mais lui ne le sait pas. Le premier, c'est *E.T.*, que l'on visionne sur mon ordinateur. On a proposé aux autres de se joindre à nous, ils ont dit que c'était un film périmé et pour les mômes. Lucien et moi pleurons toujours aux mêmes moments : à la mort d'E.T., à sa résurrection et lorsqu'il repart sur sa planète. On se regarde en souriant et on se serre la main.

Le deuxième rituel suit le film de près. On prend nos vélos et on grimpe sur la falaise jusqu'au blockhaus, en haut du cap Fagnet. Là, on joue à la guerre, puis on discute en mangeant nos éclairs au chocolat. Lucien est un enfant précoce, ça ne fait aucun doute. Je me suis renseignée pour lui faire passer le test chez un psy, il y en a pour deux cent cinquante euros. J'ai pris rendez-vous pour fin novembre. Ses réflexions ne sont pas celles d'un enfant de six ans. Il s'interroge sur sa place dans la famille, il se projette dans dix, trente ou cinquante ans. Il est capable de parler de la mort, de la trace que chacun laisse. Que fera-t-il quand je ne serai plus là ? J'espère qu'il continuera de venir ici, profiter de la vue et du vent qui souffle assez fort pour emporter les corps au paradis. C'est le plus bel endroit pour quitter le monde. Il n'est pas d'accord, il préfère son lit, avec ses frère et sœurs autour. Mais le plus tard possible, quand il aura une longue barbe comme Dumbledore dans *Harry Potter*. Il imagine qu'on a des dizaines d'années à passer ensemble. Lucien peut aussi être d'une naïveté touchante.

Parfois, je me laisse dériver dans ses rêves. Je me dis qu'il a raison, personne ne saura jamais que Félix est mort. On pourra même prétendre qu'il est parti en Argentine, montrer aux gens les documents trouvés dans son ordinateur, la demande de visa, le CV en espagnol… Ils ne constituent pas des preuves, mais au moins nous accordera-t-on le bénéfice du doute. Sauf si c'est la police qui enquête. Elle pourrait appeler le consulat argentin, vérifier les vols d'avions. On n'en est pas là, on verra bien.

Le temps filant aussi vite que les nuages, j'aurai dix-huit ans dans trois mois, le 27 février. Lucien imagine que, ce jour-là, j'aurai le droit de les garder. J'ai du mal à lui expliquer que les choses ne sont pas si simples, il n'en démord pas.

— Et pourquoi tu pourrais pas si Félix, lui, il a pu ?

— Je ne sais pas. Ils doivent penser que je n'en suis pas capable.

— C'est qui, « ils » ?

— Les gens des services sociaux, des assistantes sociales, peut-être aussi des psychologues.

— Ils ont qu'à venir voir si t'es pas capable ! Y a tout qui est mieux depuis que tu t'occupes de nous. On peut leur dire, nous, comment c'était avec Félix, ils verront que c'est mieux maintenant.

Il parle avec le cœur et sa sensibilité d'enfant. Bien sûr que c'est mieux pour eux. Plus de coups, plus d'engueulades ni de mots méchants dégringolant sans prévenir. Les traits de leurs visages se sont détendus, ils n'ont plus peur de rentrer à la maison avec une mauvaise note ou un trou dans leur pantalon. À nous cinq, on a réussi à s'organiser, à s'épauler. Léna vérifie les devoirs de Morgan et de Lou, Lucien se débrouille tout seul, et j'aide Léna quand elle ne comprend pas. Leurs résultats scolaires s'améliorent, leur comportement aussi. Morgan ne s'est plus battu depuis qu'on a enterré Félix ; Léna ne traîne plus avec ses copains plus âgés. Je crois aussi qu'elle ne fume plus. On joue, on va au cinéma, tout le monde participe au ménage, on s'achète des croissants le dimanche matin, qu'on mange ensemble dans le salon ; on est une famille composée de gens qui s'aiment. Sauf que tout ça n'est pas légal. Que veux-tu que je te dise, Lucien ? Nous ne sommes que des mômes. Les adultes, cuirassés de certitudes, t'expliqueront ce qui est bon pour vous. Et je n'y pourrai rien.

— Ben moi, en tout cas, je resterai toujours avec toi !

C'est simple, la vie, quand on a six ans. Moi aussi, Lucien, je resterai toujours avec toi. Tu n'auras qu'à venir ici, sur la falaise, pour me voir. Tu regarderas le ciel. Comme E.T., je me serai envolée à vélo. J'y serai pour l'éternité. Tu fermeras les yeux et tu entendras ma voix dans le souffle du vent. Tu penseras à prendre des éclairs au chocolat, tu sais les acheter, maintenant.

Quand l'émotion est trop compliquée à masquer, on rentre. C'est dur, parfois, d'aimer quelqu'un aussi fort.

16.

J'ai de plus en plus de mal à aller au lycée. Toujours le même problème : à quoi bon ? Je sèche la philo, l'histoire-géo, le sport et l'espagnol. Par contre, je reste assidue aux cours de maths et de physique, ma passerelle vers l'architecture, même si je n'en ferai jamais mon métier ; j'y ai de très bonnes notes. Pour le reste, je fais selon l'humeur du moment. Mon prof principal a tenté de me faire parler à la fin d'un cours de SVT. Il a bien vu que quelque chose n'allait pas, ses collègues lui ont fait part de mes absences, mais je n'ai rien dit. Rien de vrai, en tout cas. J'ai prétexté une grande fatigue, due à des règles douloureuses. J'ai évoqué un début d'endométriose que soupçonnait mon gynéco, ça a suffi. Ça marche toujours avec les hommes, ils ne sont pas à l'aise avec le sujet et acquiescent comme s'ils comprenaient, trop heureux de s'en débarrasser. J'ai appris ça très tôt. Mentir sur la période de mes règles m'a évité à plusieurs reprises de me faire violer par mon père. Chaque fois une petite victoire. Le CPE m'a convoquée, lui aussi. Il ne m'a pas questionnée sur mes absences, mais sur ma vie en général, sur les études que j'envisage, sur mon avenir. Il a essayé d'en savoir plus sur mes parents, s'est étonné de ne les avoir jamais vus. J'ai expliqué qu'ils travaillaient beaucoup et qu'ils me faisaient confiance, qu'on avait toujours fonctionné ainsi. Il a hoché la tête plusieurs fois et m'a dit que, si j'avais envie de parler, il était là. Je sais qu'il ne m'a pas crue, mais que peut-il faire ? L'arsenal de mesures dont il dispose se résume à demander à les rencontrer. Ce qui n'aboutira à rien, vu que j'ai donné de faux numéros. Il peut aussi organiser une commission avec le proviseur, le médecin scolaire et l'assistante sociale, sauf que les postes des deux derniers ont été supprimés et qu'ils ne seront pas remplacés. Si j'avais été en primaire, il aurait fait un signalement, avec la crainte de générer plus de problèmes qu'il en aurait réglé. Je serai majeure dans peu de temps, il sait que ça ne sert plus à rien. Pour soulager son désarroi, je lui ai dit que j'allais bientôt suivre à nouveau tous les cours et que j'avais l'intention d'obtenir mon bac.

— Bon, alors, c'est quoi, le problème, louloute ?

Autant les règles douloureuses peuvent constituer une bonne excuse avec le prof principal, autant il ne faut pas compter dessus pour tromper Maureen et Clara. De toute façon, je ne veux pas leur mentir. Je ne peux pas leur dire toute la vérité, mais quelque chose d'approchant :

— Je ne sais plus trop ce que j'ai envie de faire, je manque de motivation.

— Je croyais que tu voulais être architecte ?

— Ça me paraît loin.

— Forcément, t'as pas encore commencé ! Nous aussi, ça nous paraît loin, mais on a le temps. En plus, c'est génial, les études ! T'as vu la vie qu'on mène : les copains, les copines, on sort, on s'amuse…

Maureen a raison, sauf sur un point : le temps. Je ne l'ai plus.

— Qu'est-ce que tu fais de tes journées, quand tu ne vas pas en cours ? demande Clara. Tu fais toujours du ménage et des baby-sittings ?

— Un peu. Moins qu'avant. Je me repose, je réfléchis, je me balade.

— Un bon gros burn out, quoi ! conclut Maureen. Je le savais ! Regarde tes cheveux ! T'avais une super couleur chocolat, et là, on dirait une vieille paille qui aurait cramé au soleil. Pardon, c'est pas sympa, mais ça nous fait mal de te voir comme ça. T'es la plus belle fille du monde, Maya, et nous, on est tes copines. On veut bien que tu sois déprimée, mais notre rôle, c'est de te tirer de là ! Sinon, on sert à rien. En plus, ça me déprime que tu sois déprimée. Et Clara aussi. Tu sais ce qu'on va faire ? On va sortir et passer l'après-midi ensemble. Tu vas vider ton sac et on va le remplir de trucs positifs. Qu'est-ce que t'en penses ? C'est « oui » ? Elle a dit « oui » !

Je n'ai rien dit. Il est impossible de réfléchir assez vite quand Maureen est lancée.

— Clara, elle a bien dit « oui » ?

— Je n'ai pas entendu.

Clara est plus posée, plus objective, pas aussi survoltée.

— Ben moi, j'ai entendu « oui ». Ou je l'ai vu. Elle a dit « oui » avec les yeux, c'est pareil ! Bon, les filles, j'ai faim, on va manger où ?

Maureen est une vague qui emporte tout avec le sourire. La fraîcheur de l'imprévu redonne des couleurs à la journée. On va sécher l'anglais et l'histoire-géo, s'offrir un après-midi entre copines.

Dix minutes plus tard, on est attablées chez Luigi, une pizzeria qui cuisine les produits de la mer. Derrière la baie vitrée, la Manche hésite entre le calme et la tempête. J'ai une pensée pour Benjamin sur son bateau de pêche. Il n'a pas choisi le métier le plus simple. Il fait froid, on approche du mois de décembre. Depuis quelques jours, le vent fouette les falaises et s'engouffre dans les rues, où seuls les mouettes et les goélands donnent de la voix. Fécamp a mis de côté son élégance de carte postale, les gens sont emmitouflés dans des manteaux à capuche et filent sans traîner sur les trottoirs. Il faudra attendre le mois de mars, le temps des fleurs et de l'herbe grasse, pour qu'ils ralentissent l'allure. Le soleil signera un nouveau pacte avec l'eau et la roche calcaire pour créer des teintes si particulières. Monet, Sisley et les autres ne s'y sont pas trompés, la Côte d'Albâtre est unique.

On a pris les linguine aux fruits de mer, la spécialité du restaurant. Pas facile de manger proprement à cause de la sauce, mais on est entre nous. Ça faisait longtemps qu'on ne s'était pas retrouvées toutes les trois. Pour fêter cet instant, Clara a commandé une bouteille de vin blanc de Corse qui nous monte à la tête dès le premier verre. Aucune de nous n'a l'habitude de boire et nos joues s'empourprent en même temps que des sourires se dessinent sur nos visages. C'est un moment volé à la routine, presque irréel, suspendu. Ce n'est pas un piège pour me faire parler,

Maureen et Clara n'ont pas la ruse perfide. Je sens pourtant la digue des mots sur le point de céder. Elles ne savent rien de ma vie d'avant, mais ne sont pas idiotes. Elles ont compris depuis longtemps que je vivais seule à Fécamp. Elles s'inquiètent, elles sont conscientes que j'ai mes raisons et que celles-ci charrient avec elles des monceaux de douleurs.

— Ça n'allait pas avec tes parents ? demande Clara avec délicatesse.

— Mon père m'a violée pendant des années et ma mère n'a rien dit. Si je voulais continuer à vivre, je devais partir.

Je peine à croire que ces mots se soient échappés aussi abruptement de ma bouche. Je l'ai dit simplement, en regardant la mer. Ce n'est pas à cause du vin, il fallait que ça sorte, que quelqu'un soit au courant. Je les ai choisies, elles, pour porter le fardeau. Elles accusent le coup et mettent plusieurs secondes à réagir. Leurs regards se croisent, évitent le mien comme s'il pouvait leur faire plus mal encore. On entend les conversations aux autres tables et les fourchettes tinter dans les assiettes, tandis qu'à la nôtre le silence a figé l'instant. J'ai dit ce que j'avais à dire. C'est à elles, maintenant, de trouver l'issue. Dans le cas contraire, on fera comme s'il ne s'était rien passé. On reprendra le cours de notre déjeuner avec une légèreté feinte.

— Oh, putain, Maya, pardon ! Pardon, pardon, pardon ! On savait pas, je te jure !

Maureen se lève et m'entoure de ses bras. Elle sanglote et ses larmes coulent dans mon cou. Clara tient ma main dans les siennes et pleure silencieusement, avant de venir m'enlacer à son tour. Je me vide comme une baignoire, toutes mes douleurs, toutes mes pensées sont en train de fuir.

— On est là, Maya ! On est là et on va t'aider, chuchote Clara à mon oreille.

Je ne vois pas comment elles peuvent m'aider, mais ça fait du bien de l'entendre. On a chaud toutes les trois, collées les unes aux autres. La serveuse qui s'occupe de notre table hésite à s'approcher. Elle ne veut pas être indiscrète. Maureen lui dit qu'on va sortir prendre l'air et qu'elle reviendra payer plus tard. La jeune femme acquiesce d'un sourire embarrassé, elle nous fait confiance, elle a compris qu'on ne trichait pas.

Dehors, l'air froid nous fait du bien. Nous traversons le boulevard Albert-Ier pour remonter vers le quai Vauban. Nous n'irons pas jusqu'au phare, la mer agitée nous tremperait jusqu'aux os. C'est pourtant l'endroit de Fécamp que je préfère, coincé entre les vagues et le sémaphore qui surplombe la falaise. Un escalier descend vers le quai. Des bancs en pierre, abrités du vent, nous y attendent. C'est là que je vais répondre à leurs questions. Elles ont besoin de savoir, c'est normal, je ne peux pas les laisser avec ces deux phrases lâchées à table.

Plus j'explique, plus elles s'indignent et se révoltent. Elles ne comprennent pas pourquoi mon père n'est pas derrière les barreaux et ne conçoivent pas davantage que la police ou les services sociaux ne m'aient pas protégée. Je leur raconte mon audition au commissariat lorsque j'avais treize ans, la femme qui m'a écoutée en jouant avec son stylo ; les mots qu'elle a prononcés ne m'ont jamais quittée : « Ce n'est pas n'importe qui, ton père, il faut que tu sois sûre de toi avant de l'accuser. » Ou encore : « Tu vas continuer à aller à l'école, mais lui, c'est en prison que tu vas l'envoyer, et pour quinze ans. » J'étais coupable de dénoncer mon violeur ; d'autant plus dur à entendre que cela venait d'une femme. En sortant de son bureau, toute vie en moi s'était volatilisée. J'allais traîner, le reste de mon existence, le fardeau de mon enfance massacrée. J'étais une victime et tout le monde s'en foutait, ça n'allait pas empêcher le monde de tourner ; il y en avait d'autres dans mon cas, des milliers, des millions, muettes pour ne pas déranger les consciences.

Je raconte aussi ma mère qui a fait semblant de ne rien voir, tant par lâcheté que par peur du scandale. La femme du maire incarne une certaine respectabilité, un rang dans la société. À la réflexion, je pense que ça l'arrange que je sois partie. Elle peut parader en ville sans crainte. Je la hais autant que mon père.

Maureen et Clara sont abasourdies. Sans doute se demandent-elles si cela aurait pu leur arriver, et ce qu'elles auraient fait à ma place. Je réponds à la question que je lis dans leurs yeux, trop difficile à poser : non, je n'ai jamais tenté de me tuer. Mais qu'on ne s'y trompe pas, ne plus s'alimenter au point de passer sous les quarante kilos reste de l'ordre du morbide.

— Qu'est-ce qu'on peut faire, Maya ?

Dans la voix de Maureen, l'impuissance domine, elle sait que certains combats sont perdus d'avance. Ni elle ni Clara ne peuvent rien pour moi. Seule ma mère aurait pu m'aider. Plusieurs fois, elle était là quand ça arrivait. J'aurais dû crier pour qu'elle intervienne, je ne l'ai jamais fait. D'abord, parce que la peur me paralysait, ensuite, parce que je n'étais pas sûre qu'elle le ferait. En me taisant, je lui accordais le bénéfice du doute. Mauvais choix, j'aurais dû la mettre devant ses responsabilités.

— Vous ne pouvez rien pour moi, dis-je, désolée. À part garder ça pour vous. Je n'ai pas envie qu'on me voie comme une martyre. Ça fait peur, les martyrs. C'est comme les handicapés, on préfère changer de trottoir plutôt que de croiser leur regard.

Ce qu'elles entendent est sans doute frustrant, mais c'est la réalité. Il y a aussi cet instinct de survie que j'ai développé : les victimes de violences sont comme les animaux blessés dans la nature, elles ne montrent rien pour ne pas attirer les prédateurs.

Aucune de nous trois ne sait comment reprendre le fil de la conversation. Je connais cette impasse dans laquelle nous nous trouvons. Le mieux est encore de ne rien dire, de se lever et d'aller marcher le long de la plage. Le vent nous fera du bien. En fouettant nos visages, il nous rappellera que nous sommes vivantes. La plupart des gens pensent que c'est l'essentiel.

17.

Les jours suivants, je retourne au lycée en essayant de m'intéresser aux cours ; je fais semblant pour rassurer Maureen et Clara. Elles sont inquiètes et voudraient que je retrouve du mordant. Parfois, je surprends leurs regards attristés. Leur insouciance en a pris un coup depuis notre conversation sur le quai. Clara est la plus affectée, elle s'en veut de ne pas avoir été plus clairvoyante. Elle se trouve égoïste de ne pas avoir imaginé un instant que la vie d'une amie pouvait être à ce point douloureuse. Elle se dit aussi que, dans la classe, je ne suis peut-être pas la seule à avoir souffert ou à souffrir encore. Elle a raison. Selon les statistiques, quatre autres élèves, filles ou garçons, ont subi des violences au sein de leur famille ; deux, à caractère sexuel. Je ne sais pas qui ils sont, je sais juste qu'ils sont là. On ne parle pas de ces choses-là, on ne forme pas une communauté, mais il arrive qu'on surprenne des réactions qui laissent penser qu'on traîne le même boulet. On cache nos blessures, on gère comme on peut nos corps en miettes. L'image est parlante. On est des porcelaines brisées, recollées à la va-vite. Certains s'en sortent mieux que d'autres.

Mercredi soir, je retourne à la danse. Ces deux heures sont une bulle dans laquelle je perds la notion du temps. La musique de Noun y participe grandement. Je ne peux pas parler de transe, mais je sens que je m'en approche. C'est un moment euphorisant qui doit valoir pas mal de séances chez le psy.

Maureen et Clara m'ont certifié qu'elles n'avaient rien dit à la prof, je les crois. Mon langage corporel a dû me trahir : à la fin du cours, le dernier de la journée, Déborah veut qu'on discute. Il est 22 heures et j'accepte qu'elle me raccompagne chez moi. Quand elle commence, je crois que c'est pour évoquer mes progrès. Je me trompe.

— Tu n'es plus la même danseuse, depuis quelques semaines, dit-elle à peine a-t-on démarré. Tu te souviens, au début ? Tu étais mal à l'aise et tu te souciais du regard des autres. Maintenant, tu danses pour toi, tu t'exprimes. C'est rare, cette évolution en si peu de temps ; ça prend souvent des mois, voire des années. J'ai même des élèves qui n'y parviennent jamais. Tu n'es pas la première non plus, et c'est de ça que je veux te parler, de ce changement qui n'est pas anodin.

Elle y met les formes pour ne pas me brusquer. Ça me laisse le temps de réfléchir à ce que je suis prête à lui confier.

— Les élèves qui se métamorphosent du jour au lendemain ont toutes une raison valable : une grossesse, la démission d'un métier monotone pour donner une chance à leur passion… Il y a chez ces femmes une légèreté, une sorte de relâchement. Je devine que quelque chose a changé avant même qu'elles m'en parlent. Mais il y a aussi les mauvaises raisons, les drames personnels, les séparations, les dépressions. C'est le corps qui s'exprime. En danse, on recherche un abandon, mais uniquement celui des tensions et des peurs. On garde la maîtrise et la volonté de faire du mieux possible. C'est un rempart qui empêche de faire des bêtises.

Elle fait une pause non pas pour insister sur la notion de bêtise, mais parce qu'elle ne voudrait pas être intrusive. Cependant, elle a confiance en son intuition. Elle n'a pas tort, je me fous de tout, hormis des enfants. J'évolue dans une espèce d'apesanteur, loin des réalités. Un petit plaisir que je m'offre avant la chute.

— Je m'inquiète pour toi, poursuit-elle tandis qu'on est arrêtées à un feu. Tu sembles indifférente, comme si tu avais renoncé à quelque chose.

Elle sourit, mais au fond d'elle, il n'y a que de la grisaille. Il fait froid, dans sa voiture. La température extérieure avoisine zéro degré ; les phares des véhicules balayent l'habitacle à un rythme régulier, des gens pressés de rentrer se mettre au chaud. J'écoute Déborah tout en pensant aux enfants. Je me demande s'ils dorment. Depuis peu, Léna veille tard, elle lit des romans dans le salon pour ne gêner personne avec la lumière. En ce moment, c'est *L'Enfant*, de Jules Vallès. La semaine dernière, elle a dévoré *La Métamorphose* de Kafka et *Le pays où l'on n'arrive jamais* d'André Dhôtel. Ce sont des livres qui parlent d'errance, de famille. Ce ne sont pas des choix innocents. Souvent, je dois la raisonner, l'obliger à aller se coucher. Le matin, elle se lève plus tôt pour continuer sa lecture. À Noël, je lui offrirai une liseuse, avec un chèque-cadeau pour télécharger tous les livres qu'elle voudra.

Je pense aussi à Lou, qui fait des cauchemars. Quand, de mon lit, je l'entends pleurer à travers la cloison, je m'habille à la hâte, traverse le palier et vais la rassurer. La plupart du temps, elle s'est déjà rendormie quand j'arrive. Je reste avec elle, je la sens hoqueter, respirer nerveusement. Je lui caresse les tempes pour l'apaiser et ne regagne mon appartement que lorsque je la sais détendue. Au matin, elle ne se souvient de rien. Il faudra que je sache précisément ce qui la perturbe, qu'on en discute avant que ça ne devienne un problème.

— Tu ne dis rien ?

On est arrivées devant chez moi. Déborah a mis son clignotant pour se garer. Elle ne coupe pas le moteur, signe qu'elle n'a pas l'intention de s'attarder pour me tirer les vers du nez. Si j'ai envie de parler, je le fais ; sinon, elle essayera une autre fois. Je me contente d'une phrase :

— C'est un peu compliqué en ce moment, mais ça va aller.

Même moi, je n'y crois pas. Elle en est désolée, mais respecte mon choix. L'espace d'un instant, je m'imagine tout lui déballer. C'est peut-être ma seule occasion de tout dire, de me libérer du poids des secrets. L'instant ne dure pas suffisamment pour que j'y cède. Ma main a déjà appuyé sur la poignée pour ouvrir la portière. Je la remercie de m'avoir raccompagnée, elle m'assure qu'elle sera toujours là si j'ai besoin de discuter. Lorsque je regarde s'éloigner sa voiture dans la nuit, j'ai une pensée pour son mari et ses enfants. Ils ont de la chance. J'espère qu'ils en ont conscience.

18.

Toujours se méfier de l'eau qui dort, surtout si elle a l'apparence d'une vieille peau à la retraite. Mme Kazan habite l'appartement au-dessus de celui des enfants. Elle dit à peine bonjour et ne sort que pour faire ses courses, ou presque, traînant derrière elle un caddie vichy fatigué. Lorsqu'elle rentre de chez le coiffeur avec ses cheveux teints, on dirait une pie. Elle avance par petits bonds, scrutant de tous côtés un éventuel danger. Sans savoir que le danger, c'est elle.

Mme Kazan a attendu son heure pour piquer. Quand je la vois sur le palier, je sais pourquoi elle est là. Elle est surprise ; sans doute avait-elle calculé que j'arriverais plus tard du lycée. Mais cela n'entame pas son aigreur. Elle a du venin plein la bouche, pas question de remonter chez elle sans l'avoir craché.

— Je faisais remarquer à la petite que ça faisait longtemps qu'on n'avait pas vu M. Pigeon.

C'est à moi qu'elle s'adresse. Elle a, au coin des lèvres, le rictus vicieux des gens mauvais. La petite, c'est Léna, gardienne de l'entrée de l'appartement. J'aperçois la tête de Lucien qui dépasse. Il ne sourit pas. Il a compris qu'on était en danger.

— Je suis pas petite et je vous ai déjà dit que ça vous regardait pas ! se défend Léna.

— Tu me l'as déjà dit, mais c'est quand même curieux. Comme vous qui vivez on ne sait plus où. C'est lequel, votre appartement, déjà ?

La perfidie la rend plus laide encore. C'est moi qu'elle interroge. Encore une fois, ma réponse lui importe peu. Son seul but est de nous effrayer. Sauf qu'elle ignore une chose : je n'ai pas peur d'elle.

— Et vous, où habitez-vous ? On vous croise de temps en temps, mais où vivez-vous exactement ?

J'aurais pu l'envoyer promener, jouer l'adolescente rebelle, celle qui n'a plus de respect pour les anciens, mais il y a mieux à faire. La vieille est venue chercher les informations qui lui manquent. Quand elle les aura, elle mettra à exécution le plan qu'elle a en tête. En attendant, elle n'avait pas prévu ma réplique. Ni mon ton faussement amical. Elle n'en est pas vraiment désarçonnée ; cependant, sa méfiance s'en trouve éveillée. Je le vois au plissement de ses yeux.

— J'habite au-dessus de chez M. Pigeon.

— Vous êtes amis ?

— Non, mais on se croisait parfois.

— Vous parliez ensemble ?

— Ça nous arrivait.

— De son travail ou de ses projets ?

Je reste souriante et aimable, tout en la bombardant de questions. Moi aussi, j'ai un plan. La première phase, c'est de ne pas lui laisser le loisir de réfléchir.

— Non, comme ça, juste bonjour.

— Ah, bon ? Parce que, à moi, vous ne dites pas bonjour.

Je fais l'innocente, à peine un peu plus piquante. Ses yeux clignent plusieurs fois, elle est plus nerveuse qu'elle ne voudrait le paraître et sent que la partie ne va pas être simple à jouer. Rappelle-toi, saloperie, pourquoi tu es là ! Vomis ta bile, que je te la fasse ravaler !

— Oui, bonjour, marmonne-t-elle. Ça ne change pas que M. Pigeon n'est plus là.

— Il est parti depuis un mois.

— En laissant les enfants seuls ?

— Ils ne sont pas seuls.

Je la laisse spéculer quelques secondes sur une éventualité qui lui aurait échappé. Mais non, elle a tout calculé. Depuis le temps qu'elle nous épie !

— Je suis là, moi, dis-je avec une candeur travaillée.

— Vous ? Vous êtes la voisine ! Et vous êtes encore au lycée. Ça m'étonnerait que vous ayez l'âge de vous occuper d'eux ! C'est lui qui vous a demandé de les garder ?

Mme Kazan tente de reprendre l'avantage. Dans sa robe de Grand Inquisiteur, elle frétille du plaisir de me coincer dans les cordes. Je la hais. Pour ce qu'elle est et pour les gens qu'elle représente. Les bien-pensants, les « mères la morale », engoncés dans leurs convictions petites-bourgeoises, qu'on croise le dimanche matin à la sortie de la messe, persuadés d'être de bonnes âmes alors qu'ils ne sont qu'hypocrisie et malveillance. La vieille pie jubile. Sur la branche d'un arbre, elle jacasserait à en casser les oreilles de tout le quartier.

— C'est leur mère. Jusqu'à ce qu'elle revienne.

Lucien écarquille les yeux comme si j'avais dit que le père Noël existait vraiment. Léna fronce les sourcils. Ça ne lui plaît pas, on en parlera plus tard, une fois que la harpie sera remontée chez elle.

— Leur mère ? Ça fait bien longtemps qu'on ne la voit plus ! Et avec ce qu'elle est devenue, faudrait encore qu'elle soit en état de s'en occuper. Ça ne me paraît pas très clair, votre histoire !

— Vous voulez que je vous dise : je me fous de ce que vous pensez. De moi, des enfants, de leur mère ou de leur beau-père. Ça ne vous regarde pas. Vous devriez rester chez vous et attendre de crever en silence, plutôt que de sortir baver sur les gens !

— Comment ? Qu'est-ce que… ? Faites attention à vos paroles !

Elle a failli s'étrangler, mais ne vacille pas encore. Ça va venir. Il me reste des flèches à décocher :

— Moi, ce qui ne me paraît pas clair dans cette histoire, c'est la raison pour laquelle vous ne venez aux nouvelles qu'aujourd'hui.

— Je viens parce que je trouve ça bizarre !

— Ah bon ? Expliquez-moi ça, je ne comprends pas.

Elle va le dire. Elle est trop énervée et tellement sûre d'être dans son bon droit qu'elle ne voit pas le filet se refermer sur elle.

— Depuis un mois, on n'entend plus rien ! Et ça fait justement un mois que M. Pigeon a disparu. Je n'ai jamais cru aux coïncidences, je ne suis pas née de la dernière pluie, figurez-vous !

— Quand vous dites que vous n'entendez plus rien…

— C'est un vieil immeuble, ici, on entend tout : les claques, les coups, les cris ! Plusieurs fois, j'ai dû taper avec mon balai, ça n'y a jamais rien fait ! On se demandait quand on allait pouvoir dormir !

— Les claques vous empêchaient de dormir ?

— Tous leurs bruits, je vous dis ! Des fois, des hurlements ! Je suis même sûre qu'il y avait des coups de ceinture et d'autres choses qu'on veut pas savoir ! Elle pourrait vous le dire, elle ! C'est la plus délurée, c'est elle qui créait les problèmes. Parce que faut voir avec qui elle traîne ! Elle va finir comme sa mère !

Mme Kazan écume. Toute l'aigreur qu'elle n'a partagée qu'avec sa coiffeuse et son petit cercle d'amies, voisines de basse-cour au cerveau fielleux, se répand enfin. C'est une libération, elle en frissonne, tandis qu'un tic au coin de la bouche l'enlaidit encore. Coincée dans l'ouverture de la porte, Léna est aussi blanche que le calcaire des falaises. Elle tremble et va exploser, mais ce n'est plus à elle de se défendre, elle a déjà trop enduré. Je suis là pour prendre le relais, c'est même une aubaine pour moi, l'occasion de cracher à la face des gens comme Mme Kazan ce que j'ai en travers de la gorge depuis des années.

— Je suis là, maintenant, vous pouvez retourner dormir, espèce d'ordure.

— Comment ?

— Vous m'avez bien entendue. Comme vous avez entendu le calvaire de ces enfants sans jamais lever le petit doigt. Vous étiez aux premières loges et avez été témoin de violences. Ils ont entre six et douze ans, vous auriez dû alerter la police ! Au lieu de ça, vous avez laissé faire, vous avez même taillé la bavette avec leur bourreau tout en sachant ce qu'il leur faisait subir.

Mon regard, planté dans le sien, la poignarde. Elle sait qu'elle en a trop dit.

— On ne faisait qu'entendre, tente-t-elle de se justifier, entraînant avec elle quelques anonymes pour se donner un peu de poids. On n'a jamais rien vu.

— Qu'est-ce que ça change, que vous ayez vu ou non ? Vous avez reconnu des coups de ceinture et d'autres choses que vous ne voulez pas savoir, c'est bien ce que vous avez dit ? Quelles sont ces choses, madame Kazan ?

Elle a peur, soudain. De moi et de ce que je vais encore lui assener. Elle se ratatine et essaye de me contourner pour remonter chez elle. Je n'en ai pas terminé et lui bloque le passage. Si elle veut fuir, c'est dehors, dans le froid venu de la mer. Qu'elle en crève ! Cette fois, je lui crie au visage :

— Quelles sont ces choses que vous ne voulez pas savoir ?

— Je ne sais pas, j'ai dit ça comme ça.

— Vous mentez !

Ma voix a résonné dans l'escalier. Deux portes se sont ouvertes dans les étages supérieurs. Des curieux, pas assez courageux pour descendre, d'autres témoins au sommeil perturbé, les pauvres ! Je hurle pour que les choses soient claires pour tout le monde :

— Des viols, c'est ça ? Vous avez entendu Léna se faire violer ?

— Non, pas ça.

— Alors, quoi ?

— Des coups, c'est tout ce que j'ai entendu. Des coups de ceinture et des coups dans les murs.

— C'est quoi, des coups dans les murs ?

— Comme si on y jetait quelqu'un. Ça faisait un bruit sourd qui vibrait dans tout l'immeuble. Plus haut aussi, ils ont entendu.

Imaginer Félix balancer Léna contre les murs comme un vieux sac me tord le ventre. Dans l'encadrement de la porte, elle me regarde comme si elle était l'accusée. Si elle a tenu secrets ces détails-là, il y en a peut-être d'autres. En attendant, je me calme, j'ai encore des choses à apprendre de la bouche de la vieille peau.

— Vous voulez dire que vous n'étiez pas la seule au courant de ce qui se passait ici ?

— Tout le monde savait, mais qu'est-ce qu'on y pouvait ? Ce ne sont pas nos affaires.

— Bien sûr que si, ce sont vos affaires ! Quand quelqu'un est en danger, vous avez l'obligation de lui porter secours ; l'obligation morale et légale ! Combien de temps a duré votre silence ?

Mme Kazan se fissure de partout, elle va se répandre en poussière sur le palier. Je n'ai aucune pitié pour sa lâcheté. Dans les étages, on murmure tout en se gardant d'intervenir.

— Maintenant, madame Kazan, vous allez rentrer chez vous et faire ce que vous faites le mieux : vous taire. Dorénavant, c'est moi qui m'occupe des enfants. Vous pouvez dormir tranquille, plus personne ne prend de coups de ceinture, plus personne n'est jeté contre les murs. Nous vivons heureux et avons bien l'intention de continuer.

Je vous conseille de prier pour que cela dure le plus longtemps possible. Si, par hasard, quelqu'un venait poser des questions, je n'hésiterai pas une seconde à vous dénoncer pour avoir couvert des violences sur mineurs. Priez bien fort pour que cela n'arrive pas et faites en sorte qu'on ne se recroise plus, ni ici ni ailleurs.

Elle est sonnée et ne sait plus si elle doit défendre l'indéfendable ou rentrer dans sa coquille. Je n'ai plus rien à lui dire et m'écarte pour la laisser passer. Elle a un regard furtif pour Lucien, un autre pour Léna qui lui renvoie toute sa haine. Puis elle se décide à remonter. Le spectacle terminé, deux portes se referment dans les étages. Ce soir, il n'y aura pas de solidarité entre voyeurs.

— Elle va vraiment revenir, notre mère ?

— Non, elle ne reviendra pas. Elle ne reviendra jamais.

Lucien n'y croyait pas beaucoup, Léna vient de tuer dans l'œuf son embryon d'espoir. Je sais qu'elle est énervée et qu'elle m'en veut, son regard ne trompe pas. En parlant de leur mère, j'ai pénétré en terrain miné. Le sujet était tabou et, jusqu'ici, je respectais un accord tacite. Devant Mme Kazan, je l'ai brisé. C'est moi qui ai infligé la première entaille à notre pacte de confiance. Il faudra pourtant qu'on aborde la question. Je ne serai pas là éternellement, Léna, ne sois pas aussi naïve que tes frères et sœur. Quelqu'un devra s'occuper de vous si vous ne voulez pas être dispersés dans plusieurs familles.

— Alors, pourquoi Maya a dit qu'elle reviendrait ?

— Demande-lui ! Ça m'étonnerait qu'elle le sache elle-même !

Le regard de Lucien est à briser le cœur. Il sait que j'ai menti, ce qui n'empêche pas une lueur d'espoir de briller au fond de ses yeux. Une lueur que je vais éteindre malgré moi.

— Je n'ai pas l'âge de vous garder, Lucien. Selon la loi, c'est à un adulte de s'occuper de vous. J'ai menti à Mme Kazan pour qu'elle ne pose pas de questions. Si elle croit que votre mère va revenir, elle sera rassurée et on nous laissera tranquilles.

— Pour toujours ?

— Pour le temps que ça tiendra ! assène Léna avant que je puisse répondre.

Lucien a parfaitement compris, mais comme tous les enfants, il a besoin de certitudes pour avancer :

— Ça veut dire combien de temps ?

— On ne sait pas, on te dit ! Maintenant, va finir tes devoirs et après, tu iras te doucher.

Le ton est impérieux. Depuis que Félix n'est plus là, Léna grignote chaque jour un peu plus d'autorité sur ses cadets. Ce n'est pas à moi que Lucien obéit, mais à elle. C'est mieux ainsi. La seule chose qui me chagrine, c'est que notre relation saigne. On verra si le temps saura cautériser la plaie.

Avant que Morgan ramène Lou du premier anniversaire auquel elle a eu le droit de participer, je rentre chez moi. Je suis vidée et préfère les laisser entre eux. Ils ont besoin de discuter, de décider si ma place auprès d'eux est toujours justifiée.

19.

La vie a repris, mais quelque chose est cassé avec Léna. Si l'on continue de faire ensemble les courses, la cuisine, les devoirs ou, parfois, des jeux, elle garde ses distances. Elle ne me fait pas la tête, elle se concentre sur ses frères et sœur et sur sa propre vie. Je ne lui en veux pas, je suis la seule fautive. Les autres font semblant de ne rien remarquer, mais notre complicité en est contrariée. Comme je ne veux pas gâcher les moments que l'on passe tous les cinq, je les restreins en restant chez moi, à lire des livres ou écouter de la musique. Ou bien je vais me balader à vélo. Lorsque je monte vers le sémaphore et que le temps est gris, je me dis que l'heure est venue de mettre un terme à cette vie pourrie de l'intérieur. La seule chose qui me retient, c'est la promesse que je me suis faite : tant que la police ne frappera pas à notre porte, je m'occuperai des enfants. A priori, ça ne viendra pas de Mme Kazan. Depuis sa petite visite de la semaine dernière, personne ne l'a revue dans l'escalier. Je reste toutefois sur mes gardes, elle est du genre à faire ses coups en douce.

Mercredi après-midi, j'ai emmené Lucien chez la psy pour son test psychométrique. J'ai dit que les parents travaillaient, elle n'a pas tiqué, à croire que ce n'est pas le seul enfant qu'elle voit arriver sans son père ou sa mère. Le test a duré une heure et demie. Parfois, il faut deux séances, mais Lucien n'a montré aucune lassitude et a tout fait en une fois. On est convenues d'un autre rendez-vous dans dix jours, le temps qu'elle interprète les résultats et rédige son bilan. Là encore, j'ai précisé que les parents de Lucien ne pourraient pas venir. Avant qu'on parte, elle a ajouté que sa précocité laissait peu de doutes. Elle lui expliquera ce que cela signifie la prochaine fois. En attendant, qu'il continue à jouer comme l'enfant qu'il est. Je n'ai pas relevé. Avec tout ce qu'il a vu et entendu, son enfance a dû se débobiner telle une pelote de laine dans les griffes d'un chat. Lucien est un guerrier. Il a compris qu'on n'a rien à gagner à montrer ses faiblesses. Sur ce point, on est pareils. C'est peut-être pour ça que notre relation est plus fusionnelle qu'avec les autres.

On s'est arrêtés acheter des éclairs au chocolat pour tout le monde. En sortant de la pâtisserie, j'ai repensé à la voiture de Félix, que je devais déplacer toutes les semaines. Comme on avait un peu de temps, on a fait un détour. En arrivant rue du Pressoir, à la place du véhicule, on a vu des bungalows en bois en cours de montage. Pour la première fois de son histoire, Fécamp organise un marché de Noël. C'est une bonne nouvelle pour la ville, une mauvaise pour nous. Ça veut dire que le vieil Espace a été mis en fourrière et qu'un avis va être envoyé à Félix. Il faut que je me renseigne, mais peut-être sommes-nous désormais à la merci d'un fonctionnaire zélé qui trouvera bizarre que M. Pigeon ne vienne pas chercher sa voiture. Parce que cela fera tache sur son listing, il enverra un second avis, puis, devant l'absence de réponse, en informera la police municipale, qui viendra sonner au 12 de la rue Guillaume-le-Conquérant. À moins d'un miracle, notre château de cartes s'écroulera en quelques secondes. Mme Kazan pourra alors exulter derrière ses rideaux.

C'est curieux de sentir l'orage gronder au-dessus de soi. La foudre va tomber, peut-être demain, peut-être dans six mois. Le soir où l'on a enterré Félix, je pensais qu'on m'arrêterait dans les trois jours. Je suis encore là, criminelle en liberté, passant inaperçue dans mon costume de lycéenne-baby-sitter. La seule chose que j'espère, c'est que la foudre viendra de l'extérieur et non de l'intérieur. J'ai déjà rêvé que Léna me trahissait en allant tout raconter à la police. Une défaite de plus, un châtiment. C'est mon unique angoisse, à présent ; le reste m'importe peu. En attendant, je fais comme Lucien, je ne montre rien.

Je suis encore convoquée par le CPE du lycée. Une sorte de suivi. Cette fois, c'est pour me féliciter de mes efforts. Je sèche toujours quelques cours, mais, dans l'ensemble, mon assiduité est acceptable. Il précise que cela reste entre nous, il n'est pas là pour excuser mes absences. Il a mes résultats, matière par matière. Si je suis discrète en classe, je demeure bonne élève, c'est ce qu'il ressort du tour des profs qu'il a pris la peine de faire. Avec mes notes actuelles, j'aurai même le bac en juin. Donc, tout va bien de ce côté-là. C'est le reste qui l'inquiète.

— J'ai eu ton père au téléphone, hier.

Il attend ma réaction. Je sais qu'il ment, parce que j'ai donné de faux numéros ; aussi m'est-il facile de faire l'innocente.

— Ça ne s'est pas très bien passé, précise-t-il.

Ça se passe rarement bien avec mon père. On plie ou on casse. Selon son humeur, on peut aussi se faire humilier. L'homme sur qui le CPE est tombé n'est pas mon père, mais peut-être un clone.

— Il ne vous a pas insulté, au moins ? Ça lui arrive quand on n'est pas d'accord avec lui.

— Si. Il m'a même menacé.

Sans le vouloir, le CPE a fait un canular à un inconnu. J'imagine le dialogue de sourds s'envenimer, puis dégénérer. Je ne sais pas s'il le voit, mais j'ai du mal à réprimer mon sourire.

— Je peux savoir de quoi ?

— De poursuites, si je ne révélais pas dans quel lycée tu te trouves.

Je ne souris plus. Je me suis même figée et ma bouche est subitement sèche. Il lit en moi comme dans un livre que je mets trop de temps à refermer. Tous mes secrets s'en échappent. C'est sans malice ni méchanceté, mais il veut savoir. Il veut des détails, des explications sur mes mensonges. Je ne crois pas qu'il bluffe, menacer de poursuites est typiquement une réaction que mon père pourrait avoir.

— J'ai d'abord essayé avec les numéros que tu nous as donnés, reprend-il. Avec celui de ta mère, je suis tombé sur un répondeur ; avec celui de ton père, sur une vieille dame qui n'a rien compris à ce que je lui demandais. Tes numéros étant faux, j'ai contacté ton ancien lycée, où quelqu'un m'a communiqué les bons.

Il n'a pas menti, il a vraiment appelé mon père. Comme dans un film en accéléré, je vois tout ce qui va se passer dans les minutes et les heures qui vont suivre. Je suis prise au piège, jamais il ne me laissera sortir d'ici. J'ai besoin d'air, d'enfourcher mon vélo et de monter au sémaphore ; je ne dois laisser personne d'autre que moi mettre le mot « fin » à mon histoire.

— Je ne lui ai rien dit et j'ai appelé en numéro masqué. Il n'a aucun moyen de remonter jusqu'à moi, sauf s'il a recours à la police.

— Il en est capable.

— J'ai fait des recherches sur lui. Philippe Letellier, maire d'une ville de trente mille habitants dans les Yvelines. D'après les articles que j'ai lus, c'est un homme autoritaire, critiqué dans sa façon de gérer son équipe et ses administrés. On lui prête pas mal d'altercations et des coups de sang qui corroborent la façon dont il m'a reçu.

Il n'y a pas tout, dans ces articles, seulement de quoi alimenter la presse locale. J'écoute sans réagir le portrait qu'il fait de mon père. Je n'ai pas peur, je suis simplement vidée. C'est donc ici que ça va se terminer ? J'avais imaginé mille endroits, les plus insolites. La vie est étrange. Il y a trop de hasards, de surprises. On ne peut rien prévoir. En tout cas, j'en suis incapable. C'est peut-être justement ce qui me manque : l'anticipation, un sixième sens. Je suis née sans, j'avance en aveugle et tombe dans les pièges que d'autres éviteraient.

— … notre accord secret, si tu veux bien.

Je n'ai pas entendu le début. En plus d'être aveugle, je suis sourde. Comme quoi je me fous vraiment de tout.

— Tu n'as pas écouté ? demande-t-il avec un sourire gêné.

— Pardon, j'étais ailleurs.

Il hoche la tête, comme s'il comprenait. J'ai l'impression d'être une convalescente que l'on réveille d'un coma de plusieurs mois. Normal que je sois longue à la détente.

— Nous allons passer un accord, toi et moi, reprend-il. Je crois que ça peut nous arranger tous les deux.

— Quel genre d'accord ?

— Je ne dis pas à tes parents où tu es, et de ton côté, tu continues à venir en cours jusqu'au bac. Que tu vas réussir, avec mention si possible. Tu en as largement les capacités.

— C'est tout ?

— Oui.

— Et vous, qu'est-ce que vous y gagnez ?

J'ai posé la question avec plus d'agressivité que je n'aurais voulu.

— J'y gagne que tu passes deux trimestres ici, à l'abri de ce que tu fuis. J'y gagne que tu poursuis tes études et que tu mets toutes les chances de ton côté pour un jour être heureuse. Je ne crois pas que tu le sois aujourd'hui. Quand tu auras trente ans, que tu seras devenue architecte et que tu auras ton premier enfant, tu m'enverras une carte postale pour me dire que tout va bien. Ce jour-là, je saurai que j'ai pris la bonne décision.

Je n'arrive plus à déglutir. Mes mâchoires sont scellées et je cligne des yeux pour empêcher mes larmes de couler.

Hormis ma tante, c'est la première fois qu'un adulte me vient en aide. Je ne sais pas pourquoi il fait ça.

— Vous n'allez pas avoir de problèmes ?

— Je ne pense pas. Si c'est le cas, j'assumerai. Dans six mois, tu auras le bac. Ce n'est rien, six mois, dans une vie, mais pour toi, ça pourrait changer beaucoup de choses.

— Vous ne voulez pas savoir pourquoi j'en suis là ?

— Si tu ne me l'as pas dit jusqu'ici, ça doit être personnel. Je suis là si tu veux en parler, mais rien ne t'y oblige.

Comme à Déborah, j'ai envie de tout lui raconter. Les horreurs de mon père, le silence de ma mère, les flics qui m'ont dissuadée de porter plainte, mon corps sec comme une meringue. J'ai envie de lui raconter Félix, l'endroit où il est enterré. Les enfants, la falaise, tellement belle, tellement abrupte. Tout déverser sur son bureau trop petit, qu'il comprenne pourquoi il fait tout ça, pourquoi c'est un type bien et combien j'aurais aimé qu'il soit là, au collège, quand tout a commencé. Mais je ne peux pas. Peu importe, il a saisi l'essentiel.

— Promis, je vous enverrai une carte. Ou plutôt, une lettre. Elle fera plusieurs pages, j'aurai beaucoup à vous dire.

Je suis sincère. Je l'écrirai en rentrant, pour ne pas être prise au dépourvu quand les flics viendront m'arrêter. Une lettre à n'ouvrir que le jour où je ne serai plus là. Il saura qu'il a vu juste, qu'il a eu raison de m'aider. Ça restera entre nous, notre accord secret. Bien sûr, il y aura ce pieux mensonge qu'il n'aura pas détecté, contre lequel il ne pouvait rien. Peu importe, il aura fait le maximum.

En remontant en cours, j'ai un goût amer dans la bouche. Il y a des gens bien sur cette Terre, je les rencontre seulement trop tard. Ils sont des rayons de soleil dans mon ciel chargé. J'ai une pensée pour Benjamin. Je l'imagine sur son chalutier, en pleine mer. Je me demande si lui aussi pense à moi, au milieu des filets de pêche, des odeurs de hareng et de fioul mêlées. Il était l'un de ces rayons, je l'ai éteint. Les choses auraient sans doute été différentes si je l'avais laissé entrer chez moi, s'il m'avait appris l'amour, le vrai, s'il avait dormi à côté de moi. On aurait passé nos journées ensemble, nos dimanches. C'est lui qui aurait réparé la fuite d'eau chez les enfants ; Félix serait rentré et aurait simplement dit merci, parce qu'il aurait eu peur de Jon Snow. J'ai pris la mauvaise décision. Je l'ai prise à contrecœur, elle ne pouvait qu'être mauvaise. Je m'en souviendrai, dans l'autre vie.

20.

Comme tous les vendredis soir, je vais chercher Lucien, Lou et Morgan à l'école. Sur le chemin, je pense à Noël qui approche, au sapin que l'on va décorer, au repas que l'on va préparer ensemble et aux cadeaux qu'ils déballeront. Il reste un peu plus de trois semaines. Une fête comme ni eux ni moi n'en avons vécu depuis des années. J'ai un doute, à cause de Léna qui continue à garder ses distances. J'ai essayé de m'expliquer avec elle, sans résultat. Elle ne m'ignore pas, n'est pas non plus agressive, mais, si je n'étais pas là, ça ne changerait rien pour elle. J'espère qu'elle ne m'en voudra plus le 24 décembre.

Je suis en retard. En arrivant à proximité de l'école, je croise des enfants qui rentrent seuls, d'autres accompagnés d'un parent ou de leur baby-sitter. Je connais des visages, pas encore les prénoms. L'un d'eux me regarde méchamment, je crois qu'il est dans la classe de Morgan. Sa mère lui dit qu'ils en parleront à la maison, je devine qu'il y a de l'engueulade dans l'air. Comme si ça pouvait marcher, j'envoie mes recommandations par la pensée : pas de coups, pas de mots blessants qui laissent des traces indélébiles ; ne brisez pas la confiance qui vous unit. Élever un enfant signifie le faire grandir, l'emmener plus haut, et non le rabaisser.

Quand j'arrive devant le portail, Lucien et Lou encadrent Morgan. Ils sont encore dans la cour, inquiets, tandis que maîtres et maîtresses laissent partir les plus petits au compte-gouttes. Des parents me regardent bizarrement, tous mes sens sont en alerte.

— Mademoiselle, je peux vous voir cinq minutes ?

C'est à moi que s'adresse la directrice. Plus de cinquante ans, les cheveux teints en blond, clairsemés. Morgan baisse la tête, je comprends que cela le concerne. Tandis que je passe le portail, la directrice demande à Morgan, Lou et Lucien d'attendre dans la cour, assurant qu'on n'en a pas pour longtemps. Cela semble toutefois assez sérieux pour qu'on ne parle pas devant les autres parents, aussi dois-je la suivre sous le préau, puis dans son bureau. Lorsque je m'assieds sur la chaise qu'elle me désigne, j'ai peur que ce soit elle, la foudre. Elle va tomber sans prévenir, abattre comme un arbre malade notre bonheur fragile. Quand je ressortirai d'ici, il n'en restera plus que des cendres.

— Vous êtes la baby-sitter, c'est ça ?

J'acquiesce pour lui permettre de poursuivre.

— Normalement, ce n'est pas à vous que je devrais parler, mais comme je ne vois personne d'autre… Ça vous dérange, si je fume ?

Je fais « non » de la tête, sans être sûre qu'elle s'en priverait si j'avais dit le contraire.

— Je connais l'histoire de la famille Archin. La mère, le père, le beau-père, et maintenant vous. J'ai Lou dans ma classe, elle raconte plein de choses. Elle vous aime beaucoup. Lucien et Morgan aussi.

Je ne déglutis plus et respire à peine. J'essaye d'analyser la situation. Que sait-elle exactement de la famille, de Félix ? Peut-être Lou en a-t-elle trop dit. Dans ce cas, je quitterai les lieux les menottes aux poignets. Les parents restés devant la grille auront des choses à raconter à table, ce soir. Je me tais. Si la foudre doit tomber, qu'elle tombe ! Parmi mes regrets, il y aura celui de ne pas avoir commencé ma lettre pour M. Delage. Depuis quand ai-je du temps devant moi ?

— Compte tenu de votre âge, c'est étonnant, mais c'est encore vous qui vous en sortez le mieux, poursuit-elle en tirant une longue bouffée de sa cigarette. Ça ne doit pas être facile avec le lycée, les ménages, la danse… Je vous l'ai dit, Lou raconte tout.

Ça a l'air de l'amuser. Je n'arrive pas à savoir s'il y a de la malice derrière son sourire, si elle me tend un piège ou si elle prend plaisir à distiller ses informations. Je la laisse faire, je suis prête à tout encaisser. Nouvelle bouffée, plus courte, plus nerveuse, avant de sauter du coq à l'âne :

— Morgan s'est battu avec un camarade, tout à l'heure. Un collègue les a séparés, mais des coups ont été donnés.

Je revois l'élève que j'ai croisé avec sa mère en arrivant. Je comprends pourquoi il m'a dévisagée avec cet air furieux.

— Ce n'est pas vous que je devrais informer, mais ses parents, ou disons son beau-père. Sauf que je ne l'ai vu que quatre fois en cinq ans, pour l'inscription des enfants, et qu'il ne répond jamais au téléphone.

Je ne sais pas pourquoi elle me raconte tout ça, pourquoi elle se justifie. Elle est la directrice et je suis la baby-sitter.

Pour autant, la menace de la foudre semble s'éloigner. Je reste toutefois sur mes gardes, on ne sait jamais. À force de l'observer, je remarque des traits tirés sous le maquillage, des mains qui tremblent et de l'amertume derrière son sourire. Elle n'est pas heureuse, elle traîne des poids trop lourds pour elle.

— Si j'ai bien compris, l'élève que Morgan a frappé l'a provoqué toute la journée. À coups d'insultes et de petites phrases assassines griffonnées sur des bouts de papier. Pleines de fautes, en plus. À propos de sa mère, de son beau-père, de vous…

Elle ouvre une chemise pour en sortir les preuves, s'apprête à me les lire, puis se ravise avant de les remettre à leur place.

— Il vous racontera ça en détail, je pense qu'il aura besoin d'en parler.

Une troisième bouffée qu'elle recrache de sa cigarette m'incommode et m'oblige à tourner la tête.

— Pardon, ça vous gêne, remarque-t-elle en l'écrasant dans un cendrier. Vous auriez dû me le dire.

Je ne lui renvoie pas le sourire qu'elle m'adresse. Je suis mal à l'aise, parce que je ne comprends pas ce que je fais là et ce qu'il va se passer ensuite. Je n'aime pas non plus son regard qui cherche à percer le mien. Qu'elle se décide, je n'ai pas tout mon temps.

— Normalement, je devrais faire un signalement.

Nous y voilà, l'orage gronde à nouveau. Un signalement est un document détaillé envoyé à la CRIP, la Cellule de recueil des informations préoccupantes, qui transmet au juge pour enfants. Pas de parents, des gosses livrés à eux-mêmes et la police débarque illico. Au besoin, elle enfonce la porte. Récemment, près de Bordeaux, une gamine de quatre ans ne venait plus à l'école depuis plusieurs jours. Quand les flics sont entrés, ils ont découvert qu'elle s'occupait de sa petite sœur de deux ans. Les parents étaient partis régler des affaires familiales à l'étranger. Dans la soirée, les fillettes étaient placées en famille d'accueil, pour six mois minimum.

— Pas pour la bagarre, mais parce que je ne parviens pas à joindre les parents. Vous savez pourquoi ?

La mère est en cure de désintox et le beau-père est mort et enterré à quarante kilomètres de là ! Merci, je suis au courant !

— Pourquoi je ne ferai pas de signalement, précise-t-elle.

Je ne la sens pas. Son air désabusé, sa façon de sourire du coin des lèvres. C'est plus une grimace qu'autre chose.

— Je ne vais pas le faire parce que ça ne sert à rien. Depuis trente ans que je suis directrice, j'en ai fait des dizaines, deux heures chaque fois pour rédiger un rapport qui n'aboutit jamais.

Enfin, je comprends. Ce n'est pas à moi qu'elle s'adresse, mais à elle-même. Elle en a besoin, comme on vide une baignoire avant qu'elle déborde.

— Pas plus que les plaintes que j'ai déposées quand on m'a menacée. Et même giflée, une fois. Une femme qui n'avait pas apprécié que je me mêle des affaires de son fils.

Encore ce sourire, comme si ça n'avait plus d'importance. La plaie n'est pas cicatrisée ; sinon, elle n'en parlerait plus.

— Vous savez ce qui est aberrant ? Pour qu'ils dénoncent leurs complices, on protège les truands en leur fournissant de fausses identités, mais pour nous, personnels de l'Éducation nationale, qui n'avons commis aucun crime, rien n'est prévu. Notre nom apparaît en gras dans un rapport qu'une assistante sociale ou la police lit aux parents, et on attend. Leur réaction. Au mieux, tout le travail qu'on a mis en place pour aider leur môme est foutu en l'air, au pire, on les voit débarquer ici, des menaces de mort plein la bouche. Deux fois dans une carrière, vous allez me dire que ça n'est pas beaucoup. On a tellement de vacances pour compenser les petits désagréments !

À mieux la regarder, je me demande si elle ne boit pas en cachette ou si elle ne prend pas des anxiolytiques. Elle m'explique le fonctionnement du système pour se dédouaner, elle en a besoin pour justifier un silence dont elle a honte. Afin de lui montrer ma compassion et parce que ça m'intéresse, je cherche à comprendre :

— Pourquoi ça n'est pas anonyme ?

— C'est une partie du problème, mais qu'est-ce que ça changerait ? Les parents finiraient par remonter jusqu'à la personne qui a fait le signalement.

— Vous avez déjà demandé à ne pas voir figurer votre nom ?

— Une fois, oui, lâche-t-elle en riant nerveusement. J'ai fait le 119, Enfance en danger. On m'a répondu que c'était mon boulot de directrice, ma responsabilité, et que j'étais payée pour ça. Quatre-vingts euros en plus par mois pour se faire gifler ou menacer de mort, c'est se foutre du monde, non ?

Que faire d'autre que compatir ? Ce n'est pas une mauvaise femme, elle est dépassée, écœurée, impuissante et au bord de la rupture. Il lui reste quelques années à tirer, elle fait ce qu'elle peut, en espérant ne pas vivre des situations qui mettraient un peu plus à mal ses états d'âme. Je comprends mieux pourquoi la violence familiale a encore de beaux jours devant elle. Avant la loi et les peines prononcées, c'est tout le système d'alerte et de protection qui est en faillite.

Comme elle n'y tient plus, ou parce qu'elle a oublié que cela me gênait, elle rallume une cigarette, sur laquelle elle tire longuement. La drogue est douce et lui procure quelques secondes d'apaisement. Son regard se perd dans la pièce, elle songe à ces enfants qu'elle n'a pas pu aider, ou bien aux vacances qui approchent, à la retraite qu'elle prendra sur une île déserte, un paradis où la bienveillance a encore un sens.

— Continuez de faire ce que vous faites avec Morgan, Lou et Lucien, dit-elle soudain, vous le faites bien. Depuis que vous avez pris les rênes, ils sont propres, à l'heure, ils écoutent en classe et, plus important que tout, ils ont l'air heureux. Ça tient du miracle, mais personne ne va vous le reprocher, n'est-ce pas ?

Cette fois, c'est moi qui souris. L'entretien semble terminé et nous nous levons en même temps ; elle me raccompagne dans la cour, où attendent Morgan, Lou et Lucien. En quittant l'école, je sens son regard posé sur nous.

Morgan ne tarde pas à me rapporter les insultes proférées par l'élève de sa classe. Ça le démange, du poil à gratter. Inutile qu'on en discute en privé, il a déjà tout déballé à son frère et à sa sœur. « Ta mère la toxico », « famille de cassos », « Elle prend combien, ta pute de baby-sitter ? » et autres joyeusetés. À sa façon de raconter, je sais qu'il regrette d'avoir frappé son copain, ç'a été plus fort que lui.

— Parfois, il faut se défendre, dis-je en continuant d'avancer.

21.

Léna n'était pas là à notre retour et je n'ai eu droit qu'à un simple hochement de tête en guise de bonsoir quand elle a fini par arriver. Elle a filé voir ses frères et sœur, et sort seulement de leur chambre. Elle sent la cigarette et a l'œil noir des mauvais jours.

— Je croyais qu'il fallait pas faire de vagues ?

Le ton est agressif, elle veut qu'on s'affronte. Ça couvait depuis quelques jours.

— De quoi tu parles ?

— De Morgan. Il s'est battu à l'école.

— J'ai vu la directrice, elle ne fera pas de signalement.

— Il t'a dit pourquoi il a fait ça ?

— À cause d'un copain qui le harcelait.

— C'est ta faute !

— Comment ça ?

— T'avais pas à parler de notre mère. Depuis que t'as dit qu'elle allait revenir, il fait chier tout le monde avec ça.

— Il « embête », ou il « ennuie » tout le monde.

— Je parle comme je veux ! Tu penses tout savoir, tout bien faire, mais tu te goures ! T'as cru que tu pouvais nous aider, mais tu fous la merde ! Comment tu vas faire, maintenant, pour qu'il pige qu'elle reviendra jamais ? Vas-y, je t'écoute, madame Je-sais-tout !

Elle n'a pas de larmes, juste de la rage. Léna est un roc qui protège ses cadets. Elle s'interpose et prend les coups à leur place, comme lorsque Félix rentrait ivre et avait besoin de se défouler devant le constat de sa vie pitoyable.

Qui suis-je, pour elle ? Avant d'être l'amie de Lucien, je n'étais que la voisine. Pour la première fois, elle vient de marquer une limite. On n'est pas de la même famille. Si c'est aujourd'hui que nos chemins doivent se séparer, autant tout se dire. Ne rien garder qu'on pourrait regretter.

— C'est peut-être le moment de parler de votre mère, non ? Que moi, je ne sache rien, ce n'est pas grave. C'est différent pour tes frères et sœur. Tu leur caches ce que tu sais, mais tu ne peux pas les empêcher d'y penser. En attendant, ils fantasment. Ce n'est pas comme ça qu'on se construit quand on est enfant.

Je n'arrive pas à faire comme si son regard m'était indifférent. Léna est au bord de l'explosion et la haine que je lui inspire me retourne l'estomac. Je n'ai pas envie que nos chemins se séparent maintenant. Fais semblant si tu veux, mais laisse-nous jusqu'à Noël. Ensuite, tu videras ce que tu as sur le cœur, tu reprendras les commandes et je disparaîtrai.

— Demain, je t'emmène la voir ! Seulement toi et moi. En attendant, ce soir, c'est chacun chez soi.

L'art du compromis, sans desserrer les mâchoires. Une porte ouverte pour une autre claquée. Si ses yeux pouvaient lancer des flammes, je serais carbonisée sur place. Je ne peux que m'incliner devant sa force de caractère et débarrasser le plancher. On fera comme elle a dit. Demain, on ira voir sa mère. L'une de nous deux aura tort et devra l'admettre. On prendra nos décisions après. J'ai peur que, dans tous les cas, elle et moi soyons perdantes.

J'ai mal dormi, forcément. J'ai alterné cauchemars et insomnies. Je me suis demandé mille fois si je n'aurais pas dû capituler. Le sujet de leur mère est épidermique pour Léna et je ne suis plus très sûre que cela vaille le coup d'insister. J'ai même tout à y perdre. Sa confiance et ma place dans la communauté que nous formons. Si leur mère revenait, je n'aurais plus aucun rôle à jouer. Je ne sais pas pourquoi j'ai fondé tant d'espoirs sur cette femme que je n'ai jamais vue. Depuis le début, je me dis qu'elle est la solution du problème. Ils ont besoin d'elle pour grandir, comme elle a besoin d'eux pour en finir avec la drogue. Ce matin, l'équation me paraît trop simple.

Dans le bus qui nous emmène au Havre, on est assises l'une à côté de l'autre, mais on ne se parle pas. Léna est emmitouflée dans un vieux blouson, elle n'a pas voulu mettre celui que je lui ai acheté, pourtant plus chaud. Le message est clair : elle coupe les liens qui nous unissaient jusqu'ici. Elle a choisi le siège près de la fenêtre pour être tranquille et laisser divaguer son regard. La plaine battue par une pluie glacée n'est pas faite pour égayer la matinée. Parfois, la route repique vers la côte et dévoile un bout de mer grise. Ou noire. C'est une journée à saper le moral.

Les autres voyageurs sont aussi silencieux que nous. Seule une mère bavarde avec son fils. Lorsque Le Havre apparaît devant nous, la température est toujours polaire, mais le vent est tombé et le ciel dégagé. Nous troquons le bus pour un tramway flambant neuf, fierté de la ville. Je n'ai aucune idée de l'endroit où nous allons. J'ai lu le nom d'un hôpital sur un panneau, mais nous l'avons dépassé. Je laisse faire Léna, c'est elle, la guide. Combien de fois elle est venue ici ? À quand remonte la dernière ? Je ne lui pose pas la question, elle pourrait mal le prendre. Comme tout ce que je dis depuis quelque temps.

Je ne profiterai pas du Havre et de son architecture classée au patrimoine de l'UNESCO. Perret y a dessiné l'église Saint-Joseph, aux airs d'Empire State Building ; Niemeyer sa Maison de la culture ; Nouvel son complexe aquatique, inspiré des thermes romains. Ce sera pour une autre fois, ou pour une autre vie. Le tramway marque des arrêts toutes les deux minutes, les voyageurs vont et viennent tandis que nous restons assises. J'en arrive à me demander si Léna sait réellement où l'on va. Peut-être me balade-t-elle pour donner le change, me faire croire que sa mère existe encore ? Elle est assez intelligente pour avoir créé un mythe. Pas de façon malintentionnée, mais pour protéger ses frères et sœur, préserver leur espoir de la revoir un jour. Tant qu'elle n'est pas morte, ils ne sont pas orphelins.

— C'est là !

Perplexe, je m'écarte pour la laisser passer, puis me lève à mon tour. Par la fenêtre, j'aperçois une gare routière et une autre, ferroviaire. Je cherche un hôpital ou une clinique, mais ne vois rien. Où m'emmènes-tu, Léna ? Que veux-tu me dire ?

Le froid me saisit. Je lis « Boulevard de Strasbourg » sur une pancarte. L'endroit est hostile. Les gens qui passent ici ne s'attardent pas. Lorsque le tramway redémarre, Léna a déjà parcouru dix mètres. Je hâte le pas, je n'ai pas envie de la perdre. Au lieu de bifurquer à gauche ou à droite, elle se dirige vers une terrasse de café, face aux gares. Elle s'assied à une table et attend, le cou rentré dans les épaules, les mains enfouies dans les poches de son blouson. La température ne doit pas dépasser cinq degrés. Elle me fait signe de prendre la chaise à côté d'elle, pas pour qu'on soit proches, mais parce que c'est comme ça qu'elle a prévu les choses. J'obéis et je patiente. Nous sommes seules en terrasse. Un serveur vient nous informer qu'il y a de la place à l'intérieur, mais Léna répond que ça ira très bien ici. Coca pour elle, chocolat chaud pour moi. J'attendrai qu'elle ouvre la bouche, qu'elle m'explique ce qu'on fait là ; je suis prête à rester des heures s'il le faut. Elle aussi, visiblement. Elle sort une cigarette et l'allume. Elle se moque que je désapprouve. Je ne dis rien, c'est sa vie, après tout.

Comme je n'ai rien d'autre à faire, j'observe les bus qui déchargent leur cargaison de voyageurs, en chargent de nouveaux. L'endroit où nous sommes ne fait pas rêver. À l'écart de la gare routière, j'aperçois des SDF en train de boire un mauvais vin dans des bouteilles en plastique. Ils ont le regard vide ; six hommes et deux femmes, assis par terre, les jambes protégées du froid dans des sacs de couchage usés. Trois chiens les accompagnent, tout aussi miséreux.

Les passants changent de trottoir pour éviter d'être importunés ou pour ne pas voir la déchéance de trop près, de peur qu'elle ne les contamine. Parfois, une âme charitable dépose une pièce ou une baguette de pain. Ces clochards me font penser à un arrêté qu'a pris mon père dans sa commune : condamner les bancs et les abris où ils trouvaient refuge. Le mépris assumé, l'opprobre jeté sur les plus faibles, applaudi par des dizaines d'administrés ravis.

Le chocolat ne me réchauffe pas. Le froid se fraye un passage par les pieds et grimpe le long de mes jambes. Je fais tout pour ne pas trembler, je ne veux pas montrer à Léna que la situation m'est inconfortable. Elle a fini sa cigarette et termine son Coca. Le mélange, dans sa bouche, doit être infect. Elle aussi regarde du côté des SDF. Elle me fait de la peine, murée dans son silence. À quoi pense-t-elle et combien de temps compte-t-elle rester là ? Ses yeux sont humides à cause du froid, elle souffre autant que moi, mais ne veut rien montrer. Si c'est à celle qui craquera la première, le combat est puéril. Pourtant, je n'ai aucune envie de céder. La balle est dans son camp, c'est elle qui a dit qu'on irait voir sa mère, pas moi. Si j'abdique, elle continuera à me mener en bateau. La seule chose que je ne saisis pas, c'est pourquoi on est ici. Je n'ai pas eu l'impression qu'elle avait choisi cet endroit au hasard. Peut-être a-t-elle besoin de faire une étape avant de me conduire jusqu'à sa mère. La voir sur un lit d'hôpital est forcément une épreuve. Craindre que son état ne se soit détérioré en est une autre. Je serai là pour l'aider, si elle veut bien.

En attendant qu'elle se décide, je reporte mon regard sur le groupe de SDF. Deux d'entre eux ont relevé leur manche, tandis qu'une des femmes a baissé son pantalon à mi-cuisses. Ils ne se cachent pas. De là où je suis, je ne vois pas leurs seringues, mais il est évident qu'ils vont se piquer, au vu de tous. Le Havre, en cet instant, a perdu tout son charme. Que fait-on dans cette cour des Miracles, Léna ? La détresse de ces gens me fait mal. Ils ont entre trente et cinquante ans, peut-être moins, la drogue et l'alcool rongent leurs organismes et les font paraître plus vieux qu'ils ne sont. Je ne parviens pas à détacher mes yeux de la femme qui a baissé son pantalon. Au moment où elle va s'injecter sa dose, son regard vitreux est tourné vers nous, mais elle ne nous voit pas. Elle est déjà partie dans un autre monde. Je ne sais pas si c'est à cause de l'empathie que j'éprouve pour elle, mais ses traits me sont bizarrement familiers. Une boule grossit dans mon ventre, je sens quelque chose que je ne comprends pas. Cogite, Maya, cogite ! Toutes les pièces du puzzle sont là.

— C'est bon, on peut rentrer, maintenant ?

La voix de Léna est plus dure que jamais, coupante comme de la glace. En même temps qu'elle interrompt ma réflexion, elle me donne la solution. Une solution que je ne suis pas prête à accepter.

— T'en as assez vu ou tu veux aller lui dire bonjour ?

Ses yeux ne sont pas mouillés de larmes à cause du froid, mais du chagrin et de la douleur qu'elle s'est infligés en m'amenant jusqu'ici. La femme qui vient de se piquer devant nous et qui ne l'a pas reconnue est sa mère. Elle n'est pas en cure de désintoxication, mais livrée à elle-même dans les rues du Havre, sur un radeau de la *Méduse* qui échouera tôt ou tard à la morgue. Ce sont les traits de Lucien et de Morgan que j'ai retrouvés sur son visage ravagé.

Mille poignards labourent mon ventre. Oh, Léna, pardon ! Pardon de t'avoir obligée à revenir ici. Je m'en veux tellement de ne pas t'avoir crue. Tu portes seule le fardeau de la vérité pour épargner tes frères et sœur, je n'aurais pas dû douter de toi. Je ne sais pas comment m'excuser, j'ai peur que tu ne veuilles plus jamais me parler.

— C'est pour nous, dit-elle en désignant un tramway qui arrive sur la gauche.

Elle se lève, laisse un billet sur la table et s'éloigne sans attendre que le serveur rende la monnaie. Je la suis et monte derrière elle. Comme à l'aller, elle choisit une place près de la fenêtre. Je ne sais pas si je dois m'asseoir à côté d'elle ou plus loin pour la laisser tranquille. Je gêne le passage dans l'allée. Une femme s'impatiente et me demande si je compte rester debout. Je m'installe à côté de Léna, mal à l'aise. Le tramway peut repartir.

Quelques minutes plus tard, on a repris un bus pour rentrer à Fécamp. La lande austère défile derrière les vitres. Une pluie fine se remet à tomber, assombrissant l'horizon. Lorsque j'ose tourner la tête vers Léna, je vois couler le long de ses joues des larmes qu'elle ne prend pas la peine d'essuyer. Au risque qu'elle me rejette, je pose ma main sur la sienne. Ce simple contact agit comme un détonateur à son malheur. Elle se tourne vers moi, la figure dévastée par la douleur, gémit comme un animal blessé et enfouit son visage dans mon cou. Elle n'est plus une adolescente mature, mais une enfant perdue face au vide de l'abandon. Je l'enlace et la protège comme je peux. Pleure, Léna, évacue ta souffrance ! Je serai là tant que tu auras besoin de moi.

Au fur et à mesure que le bus avale les kilomètres, ses sanglots se calment. Son corps épuisé se relâche, la fatigue l'envahit et je sens son poids peser sur mon épaule. J'écarte mon bras pour l'inviter à s'allonger, sa tête sur mes genoux. Qu'elle dorme, qu'elle retrouve des forces pour reprendre goût à la vie. D'une main, je caresse sa tempe, de l'autre, je remonte mes doigts dans ses cheveux. Profite, détends-toi, tu as assez souffert comme ça !

22.

On a fait semblant tout le week-end. De jouer, de faire nos devoirs, et même de manger. Le cœur n'y était pas, mais il fallait bien tuer le temps. En rentrant du Havre, Léna est allée trouver ses frères et sœur pour leur parler. Elle a été claire, impitoyable, comme l'est la réalité. Pas question de laisser le moindre espoir ; l'amputation plutôt que la gangrène. Leur mère ne reviendra pas, point final. Morgan a mal vécu la sentence. Il n'a pas voulu hurler sa détresse à la maison et a préféré sortir. Personne n'a songé à le retenir. Au bout de trois heures, j'ai commencé à m'inquiéter, mais Léna a dit que c'était inutile, qu'il valait mieux qu'il évacue tout d'un coup. Je venais de lui faire la promesse de toujours lui faire confiance, aussi ai-je géré mon stress dans mon coin. Il est rentré en fin d'après-midi, maculé de terre et de feuilles mortes. Il est resté sur le pas de la porte et a demandé une bassine. Lou la lui a apportée, il y a déposé ses vêtements et a filé vers la salle de bains sous le regard impressionné de sa sœur.

— Et ton slip ?

Il n'a pas relevé. Elle s'est tournée vers nous, mais personne n'a répondu à son interrogation. Elle a réfléchi une seconde, puis a compris.

— Il veut pas te le montrer, mais moi, je l'ai déjà vu, son zizi, m'a-t-elle glissé en me tendant la bassine.

J'ai acquiescé, Lucien a souri, Léna a refermé la porte ; on était de nouveau réunis, c'est tout ce qui comptait. Quand Morgan est sorti de la salle de bains, il nous a signifié d'un œil noir que l'incident était clos et qu'il ne souhaitait pas en parler. On a respecté son choix. On a goûté et on a regardé le premier épisode du *Seigneur des anneaux*. Même Lou, alors que ce n'est pas son genre de films. Ça a pris presque quatre heures, sans qu'on échange un mot. Une façon de resserrer nos liens. Rester ensemble en attendant que la tempête s'éloigne.

Le dimanche n'a pas été plus dynamique, la semaine suivante non plus. La faute à la météo maussade, il faut bien un responsable. Dans nos écoles respectives, chacun fait son possible pour passer inaperçu. Les parents de l'enfant que Morgan a frappé n'ont pas porté plainte et l'ont même obligé à s'excuser.

Maureen a proposé qu'on fête le Nouvel An chez elle, elle a de nouveau la maison à disposition. J'ai accepté et, cette fois, je ne me déroberai pas. J'en ai parlé aux enfants, ils sont d'accord. Et même ravis de pouvoir, de leur côté, organiser un réveillon rien qu'à eux. Ça signifie que je n'aurai pas mon mot à dire sur le menu – la diététique va en faire une syncope –, encore moins sur l'heure à laquelle ils comptent se coucher. En les écoutant, j'ai eu l'impression d'être une marâtre mormone rabâchant des principes d'un autre âge. Je n'ai pas relevé et j'aime autant ne pas avoir de détails sur cette soirée. Qu'ils en profitent, je sais bien que Léna veillera à ce qu'ils ne fassent pas n'importe quoi.

Le samedi suivant, j'ai emmené Lucien chez la psychologue pour les résultats de son bilan psychométrique. QI de 139 susceptible d'évoluer. Elle nous a expliqué ce que cela signifiait, les connexions que son cerveau fait plus rapidement, les idées qui jaillissent et qu'il ne parvient pas toujours à contrôler, son langage d'enfant de dix ans alors qu'il n'en a que six, l'hypersensibilité, le sens de l'humour, mais aussi l'échec, qu'il ne connaît pas encore et qu'il devra apprivoiser… Il a compris tout ce qu'elle a dit et promis de ne pas céder à la facilité. La psy préfère qu'il fasse son CP tranquillement, c'est le début d'un cycle ; ensuite, il faudra envisager un saut de classe. Les quatre pages du bilan qu'elle m'a remis vont dans ce sens. Avant de nous laisser partir, elle m'a confié que, durant les deux heures passées dans son bureau, il avait longuement parlé de moi. Elle ignore les liens exacts qui nous unissent, mais il semble que je compte énormément pour lui. J'aurais pu lui expliquer combien c'était réciproque, mais cela aurait pris la journée. Je me suis contentée de dire que, moi aussi, je l'aimais beaucoup ; ça a suffi pour le faire rougir.

On a encore acheté cinq éclairs au chocolat pour fêter ça. La pâtissière nous en a mis un de plus, aux spéculoos, parce qu'on est ses meilleurs clients. On a tous goûté et on a été d'accord : « C'est bon, mais ça n'arrive pas à la chaussette du chocolat. »

L'après-midi, on est allés acheter un sapin ; Félix ne l'avait jamais fait. On a choisi le plus grand, qu'on a rapporté dans un caddie. On a aussi pris des boîtes de guirlandes et de décorations à ne plus savoir qu'en faire. Tout installer nous a occupé la soirée. Il était temps, Lou ne contenait plus son impatience.

Voilà où on en est. À l'approche d'une nouvelle année, la peur qu'on nous dénonce semble s'éloigner. Je me suis renseignée à propos de la fourrière : si le propriétaire de la voiture ne s'est pas manifesté au bout d'un mois, elle est soit revendue, soit détruite. Affaire classée !

— Dis donc, tu es radieuse !

Noun et son accent camerounais, son sourire et sa sincérité qui font du bien. Il me fait ce compliment parce qu'il le pense, ça ne va pas plus loin. La vie serait simple s'il n'y avait que des gens comme lui.

— Avec le soleil, on dirait que ta chevelure est en cuivre. Si tu restes immobile, les gens vont croire que tu es une statue, non ?

— C'est pour ça que je suis à vélo : toujours en mouvement.

— Ah, d'accord, dit-il en riant, comme si cela pouvait être une explication.

Avec lui, le temps paraît s'écouler plus lentement. Au milieu de tous ces gens pressés, l'oreille collée au portable, il détonne. Il a sa guitare et joue avec des mitaines pour éviter que ses doigts ne s'engourdissent. Entre deux phrases, il fredonne une mélodie, une chanson en construction dont je ne comprends pas les mots. Ils sont en bamoun, sa langue si lointaine. Je ne l'ai jamais interrogé sur le sujet, j'ai peur d'être indiscrète ou maladroite, mais je me demande pourquoi il est venu à Fécamp. Peut-être est-ce par amour ou pour y trouver du travail. Ou fuir un conflit, des démons. On en a tous. Si je ne lui ai pas posé la question, c'est également pour qu'il ne me la retourne pas. Nous ne connaissons rien l'un de l'autre, il est l'artiste africain et je suis la lycéenne à vélo. C'est aussi bien comme ça.

— Tu viens au cours de danse, ce soir, j'espère ?

— Oui. Pourquoi ? Il y a quelque chose de particulier ?

— Des amis musiciens vont m'accompagner. Ça risque de finir plus tard que d'habitude, mais ça va être bien, tu vas voir.

Il ménage le suspense et ne m'en dit pas davantage. Au sourire qui illumine son visage, je me doute que ce dernier cours de l'année est à ne pas rater. Tant mieux, ce n'est pas mon intention. Maureen et Clara seront là, elles aussi ; si nous ne sommes pas trop fatiguées après la danse, je les inviterai à boire un verre chez moi. Ce sera la première fois que je montrerai à quelqu'un d'autre que les enfants où je vis. Je suis contente que ce soit elles. Si ce n'est pas ce soir, ce sera pendant les vacances.

Il est 15 heures lorsque je quitte Noun et le palais Bénédictine. Parler avec lui m'a fait du bien. Tout comme être retournée chez le coiffeur. On ne devrait pas se négliger trop longtemps.

Après des semaines de grisaille, le ciel s'est débarrassé des nuages qui l'encombraient ; le soleil redonne des couleurs aux rues et aux gens. Je me sens détendue et apaisée. J'ai acheté tous mes cadeaux pour les enfants, ils sont chez moi, la plupart cachés sous mon lit. Une liseuse et des boucles d'oreilles pour Léna ; un maillot de foot de l'équipe de France et le bomber Pepe Jeans dont il rêve pour Morgan ; une boîte à bijoux, du maquillage et du parfum pour Lou, de la marque, pour être sûre de la qualité ; un costume de pirate et un vélo pour Lucien, le sien est rouillé et grince de partout. J'ai dépensé neuf cents euros sans sourciller. C'est une grosse somme, mais ça rattrapera un peu ces années où ils n'ont rien eu. Eux aussi vont m'offrir quelque chose, j'ai surpris une conversation avant-hier. C'est le jeu de Noël, baigné de secrets.

Plutôt que de rentrer directement, je fais un détour par la plage, j'ai envie de profiter de la mer et du soleil. Je ne suis pas la seule, le remblai du boulevard Albert-Ier est bondé. Je souris aux gens que je connais, du lycée ou d'ailleurs. Tout au bout, une fois le casino dépassé, je m'arrête pour admirer la vue : des reflets de la Manche irisent la falaise. J'aime ces moments hors du temps, je respire et emmagasine la beauté du monde. Le destin semble m'avoir oubliée et s'être tourné vers une autre proie. Lorsque je ferme les yeux, je vois une grande maison au bord de la mer, un jardin dans lequel courent des enfants. Ils sont insouciants, rient, se cachent, tombent et se relèvent, hilares. Ils sont beaux à regarder.

Sur le chemin du retour, j'aperçois la silhouette de Lucien. Il est allé jouer chez un camarade et rentre, respectueux de l'horaire que je lui ai fixé. Je ralentis en arrivant à sa hauteur. Il se tourne vers moi, il a des moustaches de chocolat au coin de la bouche.

— T'as refait tes cheveux ? T'es belle comme ça ! dit-il en souriant.

Ce petit gars ira loin dans la vie, surtout avec les femmes.

— Et toi, c'était bien chez ton copain ?

— Ça va. On a joué à la guerre, mais il fait pas trop bien les bruits. Sa mitrailleuse, on dirait un canard qui braille dans une mare.

— Tu ne lui as pas appris ?

— Si, mais il s'en fiche. En plus, il chante tout le temps la musique de *La Guerre des étoiles*, alors qu'on fait des batailles de la Deuxième Guerre mondiale. Ça m'énerve.

L'anachronisme, lorsqu'on a six ans et qu'on joue à la guerre, ne pose généralement pas de problème. Sauf pour Lucien, qui n'a pas fini de se faire des nœuds au cerveau pour des détails.

— Et le goûter ? Ne me dis rien, je parie qu'il y avait du chocolat !

L'espace d'une seconde, il se demande comment j'ai deviné. Il a sa tête d'ahuri tellement craquante que j'en ris. Puis il comprend. D'un coup de bave sur les doigts, il s'essuie les coins de la bouche. Les femmes attendront un peu avant de succomber. Pas moi.

— Au fait, depuis combien de temps tu n'as pas vomi ?

Je cherche en même temps que lui dans ma mémoire, sans trouver.

— C'était un jour où on faisait du vélo. Y avait encore Félix.

L'avant Félix et l'après, l'ancienne vie et la nouvelle. Lou se renfermait dans un monde imaginaire, Lucien vomissait à tout bout de champ. Chacun sa façon de gérer sa souffrance.

C'est lui qui les voit le premier. Il se fige. Moi, je suis toujours sur mon nuage. On est rue Verte-Orée, tout près de notre immeuble. Si on continue d'avancer, ils nous apercevront. La police. Deux voitures aux gyrophares silencieux. Lucien a déjà compris qu'ils étaient là pour Félix. Et donc pour moi. Je lis l'affolement dans son regard, il est tétanisé et ne sait pas quoi faire. Curieusement, je reste calme. Il y a dix secondes encore, j'étais insouciante. Plus maintenant. Le destin m'a seulement fait croire qu'il m'avait oubliée.

— Qu'est-ce qu'on va faire ? s'inquiète Lucien.

Il n'y a pas cinquante solutions. De toute façon, ça devait se terminer ainsi.

— Tu vas rejoindre tes frère et sœurs. La police va s'occuper de vous et tout va bien se passer.

— Toi, qu'est-ce que tu vas faire ?

Les sanglots qu'il a du mal à contenir sont un supplice. Ne pleure pas, Lucien, c'était écrit ! On s'est connus pendant presque quatre mois, tu te rends compte ? Je ne t'oublierai pas, et toi non plus. Tu as été mon soleil de Fécamp. Grâce à toi, j'ai rencontré Lou, Morgan et Léna, c'est le plus beau cadeau qu'on m'ait jamais fait.

— Ils vont te mettre en prison ?

Je descends de vélo et m'agenouille devant lui, c'est mieux pour notre dernière conversation.

— Non, ils ne me mettront pas en prison. Je vais partir loin d'ici.

— Où ça ?

— Je ne te le dis pas, ils pourraient te poser des questions et me retrouver.

— On se reverra ?

— Bien sûr. Moi, en tout cas, je te verrai tous les jours. Et toi aussi, tu me verras, en regardant dans la bonne direction.

— C'est où, la bonne direction ?

Je ne peux pas tout lui dire, ce n'est pas le moment et il ne serait pas d'accord. Il est temps qu'il rejoigne ses frère et sœurs, ils sauront s'épauler, je leur fais confiance.

— Tiens, ce sont les clefs de chez moi, je n'en ai plus besoin. Sous mon lit, il y a des cadeaux pour vous. Et dans la cuisine, le plus gros est pour toi. Vous ne les ouvrez pas avant Noël, promis ?

Il hoche la tête et ne retient plus ses larmes. J'ouvre mes bras et le serre fort. Oh, mon Lucien, comme je t'aime, tu ne peux pas savoir ! Je t'aime trop pour qu'on m'empêche de te voir et de profiter de toi. C'est le monde des adultes qui nous joue ce sale tour, un monde dans lequel ils peuvent nous faire du mal sans qu'on soit en mesure de se défendre. Ne t'en fais pas, j'ai trouvé la parade.

— Rentre et embrasse Lou, Morgan et Léna pour moi. Tu leur dis bien que je les aime plus que tout.

Nos adieux sont abrupts et j'en suis la première désolée, mais ce n'est pas moi qui décide du timing. Je dois vite m'en aller pour ne pas gâcher nos derniers instants. Dès que j'aurai filé, Lucien rentrera chez lui et sera en sécurité. Un ultime bisou, j'emporte avec moi son odeur volée dans son cou, je me relève et enfourche mon vélo. Il a les clefs de mon appartement dans la main et des larmes plein les yeux quand je le regarde pour la dernière fois. Je ne veux pas me retourner, ce serait trop dur.

23.

Au bord de la falaise, mon vélo dort, couché dans l'herbe. Un vent léger fait tourner la roue avant au-dessus du vide. Vue de là-haut, la côte normande est magnifique. La dominer procure une sensation grisante. En contrebas, j'aperçois des vivants longer la plage. Ils profitent des derniers rayons du soleil, qui colorent la roche entre le rose et l'orange. La Manche, elle, se prélasse ; elle a pris une journée de repos après des semaines d'agitation. Le moment semble être au recueillement.

Depuis combien de temps suis-je ici ? Une heure, peut-être moins. Je dois m'habituer à ne plus compter, ça ne sert à rien, maintenant. Un jour, une semaine, un an… La chaleur, la lumière, le froid, la pluie, c'est tout ce que je pourrai ressentir. Écouter les bruits, celui du vent d'automne, le silence étouffant de la neige en hiver, les chants des oiseaux au printemps. Avec un peu de chance, je percevrai le parfum des fleurs et des arbres. Pour le reste, ce sera le néant. Pas d'horizon, pas de projets, encore moins de sentiments.

Je profite de ces instants, plus vraiment vivante, pas tout à fait morte. J'attends, j'apprivoise l'éternité. Toute la beauté du monde s'étale devant moi, mais je ne suis pas assez amère pour croire qu'elle me nargue. Elle est ici depuis des millions d'années et m'aura vite oubliée. Je songe aux enfants, à Maureen et à Clara, à Benjamin, à Déborah et à Noun, à M. Delage. Ils auront été des éclaircies dans mon ciel maussade. Quant aux autres, je ne sais même plus si je leur en veux. Mon père, ma mère, tous ceux qui m'ont meurtrie ou m'ont regardée lutter sans jamais me tendre la main. À quoi bon ?

Le froid a engourdi mes bras, mes jambes, le reste de mon corps. Je n'entends plus ma respiration et ne sens plus battre mon cœur. Mes paupières sont lourdes, les empêcher de se fermer requiert un effort considérable.

— Maya !

Je reconnais la voix qui hurle.

— Maya !

D'où je suis, je n'ai aucune peine à distinguer la silhouette de Lucien en train de courir sur le chemin. Il ne m'a pas vue, mais a repéré mon vélo et se précipite au bord de la falaise. Il veut regarder en bas, mais un homme que je ne connais pas l'attrape pour le faire reculer. Une femme accourt à son tour, elle porte un uniforme de la police. Je n'entends pas ce qu'ils disent, j'imagine qu'ils essayent de le calmer. En vain. Lucien hurle mon prénom vers la mer, comme si elle m'avait volée à lui. Il gémit et pleure toutes les larmes qu'il n'a pas encore versées, faisant perdre à la côte normande sa sérénité.

— Arrête de brailler, on dirait un canard dans sa mare !

C'est tout ce qui m'est venu. Blottie entre deux blocs de béton, je me fonds dans le décor du blockhaus. Lucien et les deux policiers se tournent vers moi sans me voir. Peut-être croient-ils avoir rêvé ou entendu une voix de l'au-delà. Lucien sait où me trouver. Il court vers la butte qui grimpe au sommet du blockhaus. Il hoquette, chancelle et se reprend. Il cligne plusieurs fois des yeux pour chasser les larmes qui brouillent sa vue. Les jambes ankylosées, je me lève et le rejoins. Lucien me percute, s'arrime à moi et ne me lâche plus. Impossible de faire un mouvement sans son autorisation.

Le vent a forci et nous enveloppe comme s'il voulait nous garder pour lui seul. Quant au soleil qui traîne avant d'aller se coucher, ses rayons peinent à nous réchauffer. C'est l'image de carte postale que je vais emporter pour éclairer la grisaille de mes années de prison. J'ignore encore pourquoi je n'ai pas eu le courage de sauter. J'ai pourtant pris mon élan, pédalé de toutes mes forces, fermé les yeux et pensé à *E.T.*, mais j'ai raté mon envol. J'ai freiné, bondi sur le côté et me suis arrêtée à quelques centimètres du bord. La vie en moi a sorti ses griffes pour m'en empêcher. Je croyais lui avoir fait mes adieux. Je l'avais assurée que ce n'était pas sa faute, mais celle du destin, qu'elle n'avait rien à se reprocher. Elle ne m'a pas écoutée et je suis encore là. Mon enveloppe, en tout cas. Pour le reste, je suis vidée, plus de forces, batteries à plat. Qu'on fasse de moi ce qu'on voudra, j'irai là où on me dira d'aller.

Le couple de policiers est assez aimable pour respecter notre moment de complicité. Ils sont montés sur le blockhaus, mais patientent en retrait. Sans me quitter du regard, l'homme passe un coup de téléphone. Il explique sûrement à un supérieur que je suis vivante et ne représente pas un danger. Peut-être est-ce inattendu et doivent-ils décider de ce qu'il convient de faire de moi. Qu'ils prennent leur temps, je suis bien, là où je suis. Si un dieu quelconque a l'idée de nous pétrifier de là-haut, je ne suis pas contre. Fécamp aura une attraction de plus dans ses dépliants touristiques. Les gens feront un détour pour voir la statue de la criminelle sauvée du vide par un enfant. Ça me revient, maintenant, c'est à lui que j'ai pensé quand j'ai freiné au lieu de sauter. J'ai revu toutes les secondes passées ensemble, le film de notre vie.

— On doit y aller, mademoiselle.

L'homme a rangé son téléphone. D'un geste de la main, il nous invite à descendre sur le chemin qui longe la falaise. Je desserre doucement l'étreinte de Lucien autour de ma taille. Par réflexe, il résiste, puis se résigne. Rester ici n'aurait aucun sens.

Devant les policiers, je tends mes poignets, mais l'homme me dit que ça n'est pas la peine. Il veut juste que je lui confirme mon identité.

— Maya Letellier. C'est moi qui ai tué Félix Pigeon. Vous l'avez retrouvé ?

Je ne sais pas si j'aurais dû le préciser. Je n'ai pas réfléchi, parce qu'il m'a semblé évident que c'est la raison qui les a menés jusqu'à moi. Ils échangent un regard que j'ai du mal à interpréter. À côté de moi, Lucien tremble. Ce n'est pas la peur, seulement le froid.

— Je suis le lieutenant Joshua Gary, et voici Ophélie. On va te ramener au commissariat et parler de tout ça au chaud, si tu veux bien.

C'est plus un ordre qu'une proposition, mais il y met les formes. Je lui donne une cinquantaine d'années. Son nom de famille laisse supposer des origines anglo-saxonnes, mais il n'a pas d'accent. Quant à Ophélie, elle est beaucoup plus jeune. La trentaine, blonde aux cheveux courts. Elle a l'air aussi ennuyée que lui. La fatigue, ou mes aveux trop rapides. Peut-être ai-je gâché leur enquête ?

Le lieutenant marche côté falaise. Il n'a aucune envie de me voir sauter dans le vide. Ce serait trop bête : m'avoir retrouvée vivante, prête à coopérer, et me laisser échapper. Qu'il se rassure, ça n'arrivera pas. Je ne l'ai pas fait seule, je le ferai encore moins sous les yeux de Lucien.

Au bord du sentier, la roue de mon vélo a cessé de tourner. Il ne reflète même plus les derniers rayons du soleil.

— C'est à toi ? demande Ophélie.

J'acquiesce en pensant qu'on va le laisser là, offert au froid et à l'humidité de la nuit, mais le lieutenant le ramasse et le fait rouler à côté de lui. J'ai du mal à me dire que c'est pour les besoins de l'enquête, mais je ne pose pas de questions.

Plus loin, une voiture de police patiente sur le chemin. Lucien et moi montons à l'arrière, le lieutenant et Ophélie à l'avant, mon vélo dans le coffre. Lorsque nous quittons le cap Fagnet, le soleil se couche enfin. Fécamp, en contrebas, a allumé ses lumières et nous attend.

24.

Jeudi 20 décembre, je suis officiellement en garde à vue et viens de passer ma première nuit en cellule. Je n'ai pas à me plaindre, le lit était confortable et je n'ai pas été dérangée par le bruit. Ce qui ne veut pas dire que j'aie bien dormi. J'estime mon temps de sommeil à quatre heures ; ce n'est pas grave, j'aurai de quoi me rattraper en prison. Le lieutenant Gary ne m'a pas auditionnée hier, il y avait plus urgent, quelque part en ville. En revanche, un médecin est venu prendre ma tension, m'a demandé si j'avais mal quelque part et si je suivais un traitement. Une heure après, un psy m'a posé d'autres questions et s'est prononcé pour mon maintien en garde à vue. Ils ne se sont pas foulés, mais il paraît que c'est comme ça pour tout le monde. J'ai aussi dû donner le numéro de téléphone de mes parents pour qu'ils soient informés de mon arrestation. On m'a rassurée : en aucun cas je ne serai obligée de les voir.

Tout à l'heure, j'ai eu droit à trente minutes en privé avec mon avocat commis d'office, Me Dampierre. Je lui ai dit que je ne souhaitais pas lui parler. Toute cette procédure est épuisante, je préfère qu'on passe directement à mon audition. De toute façon, c'est son travail d'y assister, ça me dispensera de me répéter. Il est 10 heures du matin lorsqu'on entre dans le bureau du lieutenant.

— Tu veux boire quelque chose ? Un verre d'eau, un café, un thé ?

— Où sont les enfants ?

C'est tout ce qui m'intéresse. Je coopérerai d'autant plus docilement si je sais qu'ils sont ensemble et peuvent se protéger les uns les autres.

— On les a placés en foyer.

— Tous les quatre ?

— Dans le même foyer, tu veux dire ?

Je reste debout et ne me détendrai que lorsqu'il m'aura répondu.

— Ils sont ensemble, à quelques kilomètres d'ici. Aux dernières nouvelles, une famille devrait pouvoir les accueillir tous les quatre, oui. Tu t'assieds, maintenant ?

Il a répondu à ma question, je n'ai aucune raison de ne pas obéir. Avant de commencer, il coupe la sonnerie de son téléphone, mais le laisse en évidence sur le bureau, en cas d'urgence.

— Maître, vous avez quelque chose à dire, avant qu'on démarre ?

— Non, vous pouvez y aller.

Cet échange est purement formel. Déjà, le lieutenant se tourne vers moi, prêt à pianoter sur son clavier.

— Tu me racontes depuis le début ? Personne ne connaît Maya Letellier, ici.

— De quel début vous voulez parler ? J'ai eu deux vies, une qui a duré dix-sept ans, une autre quatre mois.

— J'imagine que l'une ne va pas sans l'autre ?

Il a raison et je suis idiote de jouer au chat et à la souris. Puisque je n'ai rien à cacher, je raconte. Mon enfance privilégiée, presque bourgeoise, dans la belle maison des Yvelines. Jusqu'à mes onze ans, jusqu'au jour où mon père l'a transformée en cauchemar. Je raconte les viols, le silence de ma mère, mon anorexie, l'hôpital, les plaintes avortées au commissariat ; je raconte les murs bâtis autour de ma conscience pour ne pas devenir folle, pour ne pas en finir, sous un train ou l'estomac bourré de médicaments. Le lieutenant demande des précisions ici ou là, attrape un paquet de cigarettes avant de le reposer, s'oblige à ne pas fuir mon regard. Parce que je ne le quitte pas des yeux, comme s'il était responsable. Je n'ai rien à lui faire payer, c'est seulement un appui dont j'ai besoin pour tenir mes spectres au bout de leurs chaînes. S'ils m'échappent, je perds le contrôle. La violence est en moi, tapie, fulgurante, mortelle. Je ne la maîtrise pas.

— Pendant combien d'années ton père t'a violée ?

— Six ans. Pas souvent au début, beaucoup entre treize et quinze ans, et jusqu'à mes dix-sept ans quand ça le prenait. Vous savez qui est mon père ?

Il a déjà fait des recherches. En quelques clics sur son ordinateur, il a sa photo sous les yeux et plusieurs articles de presse qui l'encensent ou le conspuent, selon le jeu d'Internet.

Il relève à peine la tête lorsqu'on frappe à la porte. C'est Ophélie qui m'apporte un thé et des barres de céréales auxquelles je ne toucherai pas. Elle a aussi pris un Coca et une bouteille d'eau, sur laquelle je me rue. Parler de mon père m'assèche. Me Dampierre n'a pas le droit d'intervenir, il peut seulement suggérer que l'on fasse une pause. Ophélie ne s'éternise pas, tant mieux, qu'on avance.

— OK pour la vie d'avant. Maintenant, tu m'expliques comment tu es arrivée à Fécamp ?

Il y a de la douceur dans sa voix. Quand j'aurai raconté le meurtre de Félix, puis son enterrement, il est probable que cela changera.

J'ai un moment d'hésitation avant de poursuivre. Je ne sais pas où en est l'enquête, si une autopsie a déjà été pratiquée, s'ils ont trouvé sa voiture à la fourrière, la pelle qui a servi à enfouir le corps, et nos empreintes, un peu partout. Mentir pourrait créer des problèmes aux enfants, je ne me le pardonnerais pas. Je veux être la seule responsable ; hors de question de les impliquer. Par la force des choses, ils ont été mes complices, mais jamais ils n'ont souhaité la mort de Félix. En tout cas, pas au point de passer à l'acte.

Le lieutenant Gary ne me brusque pas. Il hésite une nouvelle fois à prendre une cigarette, échange un regard avec mon avocat, puis m'encourage d'un signe de tête, comme un metteur en scène invite son comédien à lancer sa tirade. Alors, je raconte ma deuxième vie, aussi ratée que la première. Le lycée, l'hôtel Bérénice, la rencontre avec les enfants, la fuite d'eau dans la cuisine, les mots vulgaires de Félix, murmurés dans des relents d'alcool, ses mains qui baissent mon legging et ma culotte, et le marteau, arrivé je ne sais toujours pas comment dans ma main. Puis le corps qui s'affaisse, le sang sur le carrelage, le silence, mon hébétude jusqu'à l'apparition de Lucien, Morgan et Léna dans l'embrasure de la porte.

— Aucun d'eux n'a vu ce qui s'est passé ?

Je sais pourquoi il pose la question. Je n'ai pas de témoin, j'ai peut-être tout inventé. C'est moi qui ai provoqué Félix, je l'ai excité, j'ai guidé ses mains vers mes fesses tout en attrapant le marteau sur la table. J'ai attendu qu'il regarde ailleurs et je l'ai frappé de toutes mes forces, à la tempe, parce que je sais qu'on en meurt. Je l'ai fait pour me venger de mon père et des hommes en général. J'ai peut-être même inventé les viols. Là non plus, je n'ai pas de témoin. À part ma mère qui s'en doute mais ne dira jamais rien. Je suis une névrosée qui cache son jeu pour échapper à la justice. Si on ne m'enferme pas, je recommencerai.

— Félix était déjà mort quand ils sont entrés. Sauf Lou, qui dormait dans sa chambre.

— Comment le sais-tu ?

— Qu'il était mort ou que Lou dormait ?

— Qu'il était mort.

— Je ne sais pas, ça m'a paru évident. Il ne bougeait plus et perdait beaucoup de sang.

Il acquiesce, sans que je devine s'il doute ou si je l'ai convaincu. Dans un cas comme dans l'autre, je m'en fiche. Il prendra ses décisions en son âme et conscience, je suis là pour raconter des faits, pas pour plaider ma cause.

— Comment ont-ils réagi ?

Je hausse les épaules, parce que je ne m'en souviens pas. Ou ne veux pas m'en souvenir.

— Ils n'ont pas pleuré, crié ? Ils n'ont pas été impressionnés ?

— Je ne sais plus.

— Tu leur as expliqué ce qui s'était passé ?

— Je leur ai dit qu'il avait essayé de me faire du mal. Ils ont compris le reste tout seuls, j'avais encore le marteau à la main.

Nouveau hochement de tête, indéchiffrable.

— Qui a décidé de cacher le corps ?

— Moi.

— Ce n'est pas ce qu'ils prétendent. D'après eux, tu voulais nous appeler, mais ils t'en ont dissuadée pour que tu n'ailles pas en prison.

C'est vrai, c'est comme ça que ça s'est passé. Il y avait une autre raison : ils ne voulaient pas qu'on les mette en foyer ou qu'on les sépare dans plusieurs familles. Mais je préfère ma version. Je ne veux pas qu'on puisse leur reprocher quoi que ce soit. Ils auraient un casier judiciaire qu'ils traîneraient comme un boulet tout au long de leur vie.

— C'est faux. C'est moi qui ai proposé de cacher le corps. J'ai embarqué Léna avec moi, voilà pourquoi il y a ses empreintes dans la voiture.

J'ai parlé trop vite, je ne sais même pas s'ils ont retrouvé le vieil Espace.

— D'accord, c'est toi. Ensuite, que s'est-il passé ?

Ensuite, nous avons caché le corps, un enterrement aux frontières de la fantasmagorie. J'étais là et je reste pourtant persuadée de l'avoir rêvé. Je suis incapable de dire combien de temps cela a duré, s'il faisait froid, chaud, sec ou humide. J'ai un vague souvenir de la route sur laquelle nous avons roulé, mais c'est tout. J'ai aussi l'image de Léna sortant le marteau de son blouson pour le faire disparaître.

— Comment avez-vous retrouvé le corps, au fait ?

Ma question a l'air de l'étonner, mais il y répond sans faire de difficultés.

— Les chiens d'un pêcheur l'ont déterré. Les dernières pluies ont dû le faire remonter, le terrain était trop meuble pour qu'il reste enfoui.

Le crime est un métier, on n'avait pas pensé à ça.

Je raconte le reste, les jours qui ont suivi le meurtre, l'école, les voisins. Je m'en tiens aux faits, je ne me cherche pas d'excuses. Je ne parle pas de Maureen et Clara, de Déborah et de Noun, ni de Benjamin, qui vagabonde dans un coin de ma tête comme un fantôme. C'est une histoire entre Félix et moi. Et la police, désormais, avant que la justice prenne le relais.

Le lieutenant Gary a du mal à concevoir que le voisinage ne se soit aperçu de rien ou que les enfants n'aient pas fini par tout déballer, en classe ou à des copains du quartier. Je ne me l'explique pas non plus, en tout cas pas autrement que par l'indifférence de notre brave société centrée sur ses problèmes du quotidien. Pour le rassurer, je lui raconte la visite du patron de Félix, la bagarre de Morgan à la sortie de l'école et le soir où Mme Kazan est venue fureter chez nous. Chaque fois, notre petite association de malfaiteurs aurait pu être démasquée. On est passés au travers, dommage que le miracle n'ait pas tenu quelques jours de plus.

— Vous pensiez que ça pouvait durer combien de temps ?

Je n'aime pas sa façon de dire « ça ». Je n'aime pas qu'on salisse les semaines qu'on a passées ensemble, la vie qu'on s'est construite, le bonheur qu'on a eu à se retrouver chaque matin et chaque soir.

— Je ne sais pas. Au moins jusqu'à Noël, qu'on s'offre nos cadeaux et qu'on fasse un beau réveillon.

Je garde pour moi que Lucien rêvait qu'on aille jusqu'à mes dix-huit ans ; il imaginait qu'une fois majeure je pourrais m'occuper d'eux sans que personne ait rien à y redire.

Le lieutenant n'a plus de questions pour l'instant. Il regarde dans ma direction sans réellement me voir. Il réfléchit. Qu'il prenne son temps, je n'ai rien de prévu. Ni ce soir ni les prochaines années.

— On va te ramener dans ta cellule, dit-il en se levant. Ta garde à vue se termine à 17 heures, le procureur se prononcera sur la suite à donner à cette affaire.

Me Dampierre se lève à son tour, hésite à m'adresser la parole, puis décide qu'un sourire suffira. Je n'y connais pas grand-chose en matière de justice, mais je ne comprends pas pourquoi il faut si longtemps pour statuer sur mon cas. C'est pourtant simple : j'ai tué un homme et dissimulé son corps, je suis coupable. Il n'y a plus de place en prison, ou quoi ?

Une fois que j'ai réintégré ma cellule, mes pensées filent droit vers Lucien, Lou, Morgan et Léna. Je me demande ce qu'ils font en ce moment. Pour les deux jours qu'il reste, ça m'étonnerait qu'ils soient à l'école. J'espère qu'on ne m'a pas menti, qu'ils ne sont pas séparés.

25.

Je savais que la journée allait être longue. J'ai passé plusieurs heures dans ma cellule, puis le lieutenant Gary est venu me chercher pour m'emmener au tribunal de grande instance de Rouen. Une heure de route sans échanger un mot, une autre à attendre que s'ouvre la porte du bureau du procureur Le Goff. Me Dampierre patiente avec nous ; il sait que je n'ai pas envie de parler et respecte mon choix. Ça ne l'empêchera pas de me défendre.

Enfin, le procureur nous invite à entrer dans son bureau. Il porte un costume bleu marine taillé sur mesure et des petites lunettes en écaille ; il vient d'aérer pour chasser une vilaine odeur de cigare. J'ai le temps de remarquer ces détails, mon cerveau ne me sert plus à réfléchir, seulement à enregistrer des images ou des odeurs.

— Asseyez-vous, on n'en a pas pour longtemps.

Une femme est présente, sa greffière, sans doute. Elle est dans le secret des affaires et doit déjà tout savoir de moi. Le lieutenant est resté dans le couloir, seul mon avocat m'accompagne.

Le procureur Le Goff m'informe que ma garde à vue est levée et que mon dossier change de main. C'est désormais un juge d'instruction qui va diriger l'enquête et c'est à lui que les policiers devront rendre compte de l'affaire. Une heure d'attente pour ça.

Après le bureau du procureur, c'est donc devant celui du juge que je patiente, toujours en compagnie de Me Dampierre et du lieutenant Gary, qui en profite pour passer des coups de fil et envoyer des SMS. Il respire fort, régulièrement, sûrement sa façon de garder son calme. Dans les couloirs du TGI vont et viennent des avocats en robe, des policiers et des gens que je ne parviens pas à identifier. Le ballet est incessant et donne la mesure du nombre d'affaires traitées en même temps. Combien de crimes, de viols ou de violences sont jugés en ce moment ? Je suis une parmi cent ou mille, je ne suis rien. Plus le temps passe, plus je pense au cap Fagnet. J'aurais dû m'envoler, hier après-midi, en finir avec cette misère crasse du monde.

Une demi-heure plus tard, nous entrons tous les trois dans le bureau du juge Ellaz. Lui aussi a une greffière. Elle ne nous jette pas même un regard, trop occupée à taper sur le clavier de son ordinateur.

À nouveau, le discours est technique et certaines choses m'échappent. D'autant que le juge s'adresse à la fois à moi et au lieutenant Gary, sans toujours préciser qui doit faire quoi. Je me force à ne pas déconnecter, mais passe à côté de plusieurs informations. Je saisis au vol les termes « mise en examen » et « juge des libertés ». Comme il n'a pas le temps de répéter, Me Dampierre m'expliquera tout en sortant d'ici. Je quitte le bureau sans avoir prononcé un mot, hagarde. Une chose m'étonne pourtant :

— Je ne vais pas en prison ?

— Le juge des libertés et de la détention préfère vous savoir dans un foyer. Vous êtes placée sous contrôle judiciaire, ce qui signifie que vous pourrez aller et venir où vous voudrez, à condition d'en informer vos éducateurs ou la police. C'est une mesure sage et bienveillante, vous allez pouvoir être au calme et vous reposer.

Je ne m'habitue pas au vouvoiement de mon avocat, sans doute ajoute-t-il au sinistre des lieux. Il me faut un moment pour absorber ce qu'il vient de dire. Il a l'air satisfait et confiant pour la suite. Il sait mieux que moi, c'est son boulot. Je me contente de suivre.

Dix minutes plus tard, je suis à l'arrière de la voiture du lieutenant Gary, en direction de Fécamp. Il roule vite pour rattraper le temps perdu. Peut-être a-t-il prévu un dîner avec sa femme et ses enfants.

— On va passer chez toi pour que tu puisses récupérer des affaires. Ensuite, je t'emmène au foyer où tu resteras pour la durée de l'enquête. Ça peut prendre une semaine, trois mois ou plus, je ne peux pas te dire.

Je ferme les yeux pour ne plus penser à rien. Les gens qui pratiquent la méditation savent le faire. Je les envie, ce doit être reposant.

26.

Vendredi. Il reste trois jours avant Noël, que je ne fêterai pas. J'ai encore la notion du temps, mais bientôt, elle m'échappera.

Je connais la sensation qui s'est emparée de moi. Ou plutôt, je la reconnais. On a cohabité des années, toutes les deux. Elle s'appelle l'apathie. On peut aussi la nommer indifférence ou inertie, elle n'est pas contrariante. C'est même le propre de son caractère, elle se fout de tout. Certains la confondent avec l'ennui, ils se trompent. L'ennui suggère le manque, le désespoir et la souffrance. L'apathie est moins douloureuse. Elle est une bulle hors du temps, une sorte de rêve éveillé. Le rien domine. Rien n'émeut, rien ne motive. Rien à faire de tout.

La chambre qu'on m'a donnée au foyer mesure plus de vingt mètres carrés ; j'ai ma propre salle de bains, mes toilettes, et une fenêtre qui s'ouvre sur un pré où broutent des chevaux. Mon lit est confortable, il y a une table sur laquelle je peux travailler, et le petit déjeuner, ce matin, était bon. Hier soir, en rentrant du TGI de Rouen, on est passés chez moi prendre des vêtements, mes livres d'architecture et mon ordinateur. Des voisins étaient à leur fenêtre, dissimulés derrière leurs rideaux ; Mme Kazan a ouvert sa porte pour mieux entendre dans l'escalier. Un beau jour pour elle, l'occasion de sortir un vin râpeux et de trinquer en l'honneur de la haine triomphante. On m'a aussi rendu mon portable, que je n'ai pas rebranché, et redit que je pouvais aller où je voulais à condition de prévenir. L'inverse me serait égal. C'est injuste à l'égard du lieutenant Gary et des éducateurs du foyer, qui font tout ce qu'ils peuvent pour me rendre la vie agréable.

Tout à l'heure, l'un d'eux, prénommé Simon, m'a monté mon petit déjeuner sur un plateau. Il s'inquiétait que je ne descende pas au réfectoire avec les autres filles. J'en ai entendu plusieurs se lever, se doucher et sortir de leurs chambres. Par la fenêtre, je les ai vues partir au lycée ; je crois en avoir reconnu une qui est en cours avec moi. Comme quoi, on ne sait jamais vraiment qui sont les gens que l'on croise tous les jours.

Simon m'a aussi donné le code Wi-Fi du foyer. Je l'ai remercié, mais je n'en aurai pas l'utilité. La vue sur l'horizon me suffit. En revanche, je lui ai demandé si je pouvais avoir le numéro de téléphone des enfants. Il a dit qu'il allait voir avec le lieutenant Gary. Avant de quitter ma chambre, il m'a rappelé les horaires des repas. J'ai enregistré l'information, mais il a compris que je n'irais pas. Si j'ai besoin de quoi que ce soit, il est là. Lui, comme les autres éducateurs. Ils sont quatre à se relayer. Je l'ai remercié une nouvelle fois en souriant. Mollement. On en revient toujours à l'apathie.

Je n'ai pas l'heure et le ciel est trop gris pour que je me fie au soleil. Peu importe, la vie de recluse me convient. J'essaye de penser le moins possible. Je m'allonge sur mon lit, regarde le plafond, ou bien m'assieds face à la fenêtre pour laisser filer le temps.

Lorsqu'on frappe à ma porte, je suis sur ma chaise, les yeux clos. J'ai entendu les pas d'une femme dans le couloir, je ne pensais pas que c'était moi qu'elle venait voir. Comme elle n'entre pas, je me lève et lui ouvre. Elle est très belle, les cheveux longs et lisses, d'un noir de jais. Probablement une teinture. Elle porte un sac en bandoulière et une pochette rigide sous le bras.

— Bonjour, Maya. Je suis Florence Saillera, assistante sociale. Je peux entrer ?

Le temps d'une seconde, j'ai envie de lui claquer la porte au nez. C'était il y a des années qu'il fallait réagir, ma belle, quand j'avais onze ans, ou quand la mère des enfants a déserté la rue Guillaume-le-Conquérant pour laisser Félix seul maître à bord ! Je n'ai plus la force d'être désagréable. Je m'écarte et retourne sur ma chaise, tandis qu'elle entre en faisant attention de ne pas faire claquer ses talons sur le parquet.

— Je viens voir comment tu vas. Ces derniers jours ont été éprouvants, j'imagine.

— Les dernières années aussi.

Je ne sais pas comment elle le prend et je m'en moque. De toute façon, je ne la regarde pas. Elle a compris que l'entretien n'allait pas être simple et met un certain temps avant de relancer la conversation :

— J'ai parlé avec un éducateur, il m'a dit que tu ne voulais pas sortir, même pour manger.

— Je n'ai envie de voir personne. Je suis bien ici et je n'ai besoin de rien.

— Tu as raison, c'est un bel endroit pour reprendre des forces. Mais tu ne pourras pas y rester éternellement.

— J'en sortirai pour aller en prison. Mon dossier est sur le bureau d'un juge, à Rouen. Ça peut prendre une semaine ou des mois.

— Pour l'instant, tu n'es reconnue coupable de rien.

— J'ai tué un homme, je suis un danger pour la société. Vous ne devriez d'ailleurs pas rester ici, seule avec moi.

Je me suis trompée. Malgré la fatigue, j'arrive encore à être agressive.

— Je suis venue parce que je m'inquiète pour toi.

— Vous avez peur que je me suicide ?

— La police t'a retrouvée au bord de la falaise, c'est une option que personne ne peut écarter.

Je me retourne pour lui faire face et plante mes yeux dans les siens.

— C'est votre hiérarchie qui vous demande d'évaluer les risques ? Si tout va bien, vous les appelez pour les rassurer ?

Elle se fend d'un sourire contrit. Elle sait que je ne l'aime pas.

— Non, c'est seulement pour moi. Et je n'ai aucun moyen d'être sûre que tu ne mettras pas ta vie en danger.

J'ignore si elle improvise ou si elle veut me faire passer un message, mais elle range sa pochette dans son sac. Puis elle regarde par la fenêtre, d'abord les chevaux dans le pré, ensuite l'horizon.

— Pour les besoins de l'enquête, tu seras certainement amenée à voir un psychiatre dans les jours à venir.

— J'ai déjà tout dit à la police.

— Tu ne veux pas te défendre ?

— Je me suis déjà défendue, il y a deux mois.

— Ce n'est pas le genre de défense auquel je pensais.

— Je n'en connais pas d'autre.

— Je pense à une petite voix au fond de toi.

— Je n'ai pas de petite voix.

Elle sourit, sûre d'elle, ou presque. Puis ramasse son sac et se dirige vers la porte.

— Vous partez ?

— Je reviendrai quand tu seras mieux disposée, je ne veux pas t'ennuyer.

Elle va sortir sans se retourner. Elle me teste, veut savoir si je vais réagir.

— Attendez !

— Oui ?

— La petite voix…

Elle garde la main sur la poignée de la porte, sans l'ouvrir.

— C'est celle qui m'a dit de ne pas sauter ?

— Continue à l'écouter, elle est de bon conseil.

L'instant d'après, je suis seule avec des questions sans réponse. Je pensais pourtant avoir clos tout débat. Assistante sociale : un. Maya : zéro.

En fin d'après-midi, je me réveille d'un sommeil lourd. Mon téléphone est toujours éteint, mais la nuit tombante me laisse supposer qu'il est un peu plus de 17 heures. À midi, Simon m'a monté un plateau-repas dans lequel j'ai picoré.

Il m'a aussi apporté une pile de romans : Stendhal, Dumas, London, Hemingway, des pavés en prévision du temps que je vais passer ici. J'ai commencé *Le Rouge et le Noir* et me suis endormie. Je vais poursuivre, je n'ai que ça à faire.

En me redressant sur mon lit, j'aperçois une lettre sous ma porte. Ou plutôt, une feuille pliée en deux. La personne qui l'y a glissée a été discrète, je n'ai rien entendu. J'hésite avant d'aller la ramasser. Plusieurs minutes. Jusqu'à ce qu'il fasse totalement noir dans ma chambre. J'entends les filles qui rentrent du lycée, des pas dans l'escalier, des portes qui s'ouvrent et se referment, des voix, des rires, des cris, puis un adulte qui leur demande de faire moins de bruit. Et le silence, de nouveau. J'ai des fourmis dans les jambes à force d'être assise au bord de mon lit. C'est idiot de rester ainsi. J'allume et vais ramasser la feuille. Le mot est rédigé au stylo, d'une écriture fine et appliquée qui contraste avec la teneur du message : « Ce sale porc n'a eu que ce qu'il méritait. On se défendrait toutes comme toi, ils y réfléchiraient à deux fois avant de nous faire chier. On est plein à penser pareil. Tiens bon. Tu n'iras pas en prison. »

C'est signé Romane, que je ne connais pas. Mon crime et la découverte du corps de Félix ont donc été rendus publics. Je ne sais pas s'il s'agit d'une bonne nouvelle. Une seule chose est sûre, je n'avais pas prévu que ça aille si vite.

À minuit, je ne dors pas. La petite voix démasquée par l'assistante sociale n'écoute rien quand je lui ordonne de se taire, et murmure trop bas pour que je la comprenne. Si elle était sûre d'elle, elle crierait. Elle ne l'est pas et a dû convoquer le conscient, l'inconscient, le subconscient, tous les acteurs de la pensée dans l'hémicycle de mon crâne. Le problème, c'est qu'ils ne sont visiblement pas d'accord. Leur bruit de fond est insupportable, à peine tempéré par le Doliprane.

Heureusement, Julien Sorel et Mme de Rênal sont là pour m'entraîner au-delà de leurs bavardages. Je m'évade au cœur de la bourgeoisie provinciale, témoin privilégié de l'ascension du séduisant ambitieux. J'en suis au tiers et sens déjà le parfum de la tragédie. Je suis douée pour ces choses-là.

Ce soir, ce n'est pas Simon qui m'a apporté à manger, mais Élisa, dynamique et souriante. Elle n'a fait aucune remarque sur le fait que je ne descendais pas dîner avec les autres. Elle m'a parlé de mes cheveux, qu'elle trouve magnifiques, des livres que Simon m'a prêtés, qu'elle n'a pas lus, et des filles du foyer, qu'il faudra que je rencontre parce qu'elles sont formidables. Je n'ai pas dit un mot. Sauf pour demander si elle avait le numéro de téléphone des enfants. Elle m'a répondu que ça pouvait prendre un peu de temps, qu'il fallait l'autorisation du juge. Je l'ai remerciée par politesse, sans parvenir à masquer ma déception. En repartant, elle a proposé qu'on aille se promener demain matin, voir de près les chevaux ou la mer. Il paraît qu'il va faire un froid sec et que le soleil va revenir. C'est le temps qu'elle préfère. Elle est native de Saint-Valery-en-Caux, à quelques kilomètres d'ici, un petit port moins connu que Fécamp ou Étretat, mais plus joli, d'après elle. Je n'ai pas menti, un vrai moulin à paroles !

Avant de reprendre le fil de ma lecture, je jette le mot de Romane dans la corbeille. Elle pense ce qu'elle veut, elle a raison ou bien tort, ça ne changera rien, ce n'est pas elle qui fixera la durée de ma peine. Je ne cautionne ni ne revendique la légitime défense, j'ai fait ce que j'avais à faire, c'est la seule chose qui m'importe.

27.

Je me suis endormie tard, bien après les derniers bruits de portes ou de chasses d'eau. J'ai lutté pour savoir ce qu'il advenait de Julien Sorel après sa tentative d'assassinat contre Mme de Rênal en pleine messe, mais la fatigue a eu raison de moi. J'ai tout le temps de lire Stendhal, Dumas et les autres. Quand je sortirai de prison, je serai incollable en littérature.

Au matin, j'ai un nouveau message sous ma porte. Je me lève et vais tirer les rideaux ; c'est alors que je les vois. Des hommes et des femmes, derrière le pré aux chevaux, avec des caméras braquées dans ma direction. Ils sont une vingtaine, j'aperçois des vans près des arbres. Je referme aussitôt. J'ai froid, j'ai chaud, je chancelle. Avant de tomber, je retourne m'allonger sur mon lit. Le plafond tangue au-dessus de moi. Je ferme les yeux, mais ça ne passe pas. Comme si ça ne suffisait pas, on frappe à ma porte. Je ne peux pas me lever et ne veux voir personne. On frappe de nouveau, un peu plus fort.

— Qui est-ce ?

— Ophélie. Je peux entrer ?

Je ne suis ni douchée ni habillée. Je me glisse sous la couette parce que je n'ai pas d'autre choix que de la laisser entrer. Elle est seule, en civil ; sa mine embarrassée me confirme que la journée commence mal.

— Bonjour, Maya ! Ça va ? demande-t-elle en ramassant le mot pour aller le déposer sur la table.

La question est de pure forme. Elle n'est pas venue aussi tôt pour savoir si je vais bien.

— C'est pour moi, les journalistes ?

— Ton histoire intéresse beaucoup de monde. Tu ne suis pas les infos ?

À ma tête, elle comprend que non.

— Toute la presse parle de toi. On dirait bien que tu es la nouvelle Jacqueline Sauvage.

C'est la femme qui a tué son mari de trois coups de fusil en 2012, après plus de quarante ans de violences conjugales et de viols sur ses filles. La justice l'avait condamnée à dix ans de prison, mais sous la pression de l'opinion publique, le président de la République de l'époque l'a graciée. Je connais l'histoire par cœur. J'ai souvent pensé à elle. Pas à la grâce présidentielle, mais au courage dont elle a fait preuve pour tuer son bourreau.

— Je ne veux pas leur parler !

— Tu as raison. Et tu n'as pas grand-chose à y gagner. De toute façon, ils ont déjà tout ce qu'ils veulent sur toi. Je peux m'asseoir ?

— Allez-y, mais ne tournez pas autour du pot !

— OK, je vais tout t'expliquer, dit-elle en s'installant au bord du matelas.

Au fur et à mesure qu'elle raconte, son sourire oscille entre gravité et pudeur. Elle me débite tout en bloc, pas forcément dans l'ordre. En tant que flic, elle devrait être impartiale, mais ses émotions prennent le dessus, surtout lorsqu'elle évoque ces gens que je ne connais pas et qui me soutiennent :

— Des pétitions sont en ligne pour réclamer ta libération. Deux cent cinquante personnalités ont signé une tribune dans *Le Monde* pour dénoncer la violence faite aux femmes et aux enfants. Tu deviens un symbole. Puisque tu ne lis pas les journaux, je vais te dire ce qui sortira ce soir dans la presse : on a d'autres dépositions que la tienne. Félix Pigeon a agressé plusieurs jeunes filles et en aurait violé au moins une, mineure. Elle s'est présentée spontanément quand elle a vu sa tête à la télé. Des voisins et son ancien patron l'ont décrit comme quelqu'un d'asocial, sournois et manipulateur. Dans son ordinateur, on a trouvé son projet de fuite en Argentine. On a aussi des dizaines de témoignages qui plaident en ta faveur : tes copines du lycée, le CPE, ta prof de danse et même un guitariste africain qui a l'air de bien te connaître. On a surtout ceux des enfants dont tu t'es occupée, et de leurs enseignants. Ce que tu as fait pour eux est en train d'émouvoir la France entière.

— J'ai tué un homme et j'ai caché son corps. Pour ça, j'ai entraîné avec moi une gamine de douze ans !

— Tu l'as fait pour qu'ils ne soient pas séparés. L'opinion publique t'a déjà pardonné cette folie.

— Ce n'est pas elle qui juge.

— Non, mais son poids est lourd. Personne ne veut de nouvelle affaire Sauvage. L'autopsie a aussi confirmé que

Félix Pigeon était ivre, le soir où il t'a agressée, et que tu n'avais porté qu'un seul coup de marteau, ce qui accrédite la thèse de la légitime défense.

Je n'arrive pas à faire le tri des informations qu'elle me livre. Les histoires de pétition, de tribune de personnalités et de symbole restent confuses.

À sa mine embarrassée, je comprends qu'Ophélie n'en a pas terminé. Ne me tends pas de piège, pas après avoir mis la pagaille dans mes repères.

— Vous êtes venue me dire autre chose ?

— Oui. À propos de ta maman.

L'annonce me fait l'effet d'un tisonnier fouillant l'intérieur de mon crâne. Les connexions fusent, s'entrechoquent, je sens des douleurs partout dans mon corps. La haine me submerge, je ne veux pas voir ma mère, je ne veux pas qu'on me parle d'elle. Elle est sortie de ma vie le jour où elle a décidé de fermer les yeux sur les viols commis par mon père.

— Je comprends que c'est compliqué pour toi, mais elle est ici et voudrait te parler.

— Elle peut aller se faire foutre ! Qu'elle retourne d'où elle vient !

Je ne reconnais pas ma voix, démesurément grave, comme sortie d'un tombeau.

— Elle voudrait te dire elle-même ce que tu apprendras ce soir par la presse.

— Je ne lis pas la presse et je n'écoute pas les infos !

Je me débats comme je peux, sans réfléchir. Je me sens prise au piège. Je n'aurais pas dû écouter la petite voix, sur la falaise. J'aurais dû m'envoler, albatros majestueux sillonnant le ciel plutôt que volatile lourdaud cloué au sol de cette chambre.

— C'est à toi de prendre la décision. Si tu refuses, elle partira. Elle s'y attend, de toute façon.

— Alors, pourquoi elle est venue ?

— Ce n'est pas à moi de te le dire et je n'ai pas de conseil à te donner. Je dois juste t'informer qu'elle t'attend dans une pièce du rez-de-chaussée. À 17 heures, elle s'en ira. Le procureur fera un point presse dans la soirée et tout le monde sera alors au courant.

— Qu'est-ce que vous voulez que ça me fasse ?

— Je ne sais pas, je ne suis pas à ta place. Mais prends le temps d'y réfléchir.

— Vous partez ?

— Si tu as besoin de moi, tu m'appelles sur mon portable.

Elle me tend une carte de visite qu'elle accompagne d'un sourire. Lorsqu'elle quitte ma chambre, ses pas dans l'escalier résonnent comme autant de coups de burin sur mon crâne.

Sur la table traîne le mot qu'on a glissé sous ma porte. Je l'attrape, machinalement, et reconnais l'écriture de Romane : « Lundi soir, on fête Noël toutes ensemble. On comprendra si tu préfères rester dans ta chambre, mais tu es invitée. On promet de parler de tout sauf de ton histoire. On est avec toi. Tiens bon ! »

C'est suivi d'une quinzaine de signatures, de cœurs et d'étoiles dans les coins.

28.

J'ai encore dormi une partie de l'après-midi, le sommeil est mon refuge. Les journalistes sont toujours là, plus nombreux que ce matin. J'aperçois la vapeur s'échapper de leurs gobelets. Des heures qu'ils dansent d'un pied sur l'autre dans le froid sec de Normandie. On dirait des vautours guettant le moment où le vieux buffle vacillera. Ils sont aussi pathétiques que moi qui n'ai pas bougé de ma chambre, incapable de me concentrer sur autre chose que ma mère en train de tuer le temps deux étages plus bas. Même Julien Sorel n'a pas réussi à m'emporter avec lui. J'ai lu en diagonale qu'il attendait son jugement en prison. On a l'air malins, tous les deux, avec nos vies qui s'effilochent.

J'ai bu un thé et mangé un peu du hachis parmentier que Simon m'a monté à midi. Il n'a pas fait de remarque sur les rideaux toujours tirés. Il m'a demandé si j'avais besoin de quelque chose, j'ai dit non ; il a souri sans conviction et m'a laissée à mes réflexions stériles. Depuis des heures, les mêmes questions tournent dans ma tête : qu'ai-je à gagner à descendre voir ma mère ? Que veut-elle me dire avant que tout le monde soit au courant ? Et, face à elle, comment contenir mon envie de la gifler de toutes mes forces ? Quel que soit mon choix, j'ai peur de le regretter.

J'ai toutefois conscience d'avoir entrouvert la porte. Le « Elle peut aller se faire foutre ! » lancé à Ophélie ce matin est loin et chaque minute qui passe érode ma volonté. Je ne sais pas si je vais tenir jusqu'à ce qu'elle parte. Il faut encore que je réfléchisse, que je pèse le pour et le contre. Dommage que la petite voix peine tant à se faire entendre dans le brouhaha de mes pensées !

Une heure, au moins, a passé. Je suis toujours allongée sur mon lit, les yeux rivés sur la porte. J'en connais par cœur chaque veine du bois et j'ai vu sa couleur s'assombrir à mesure que le jour déclinait. Cent fois, je l'ai ouverte pour descendre les premières marches ; cent fois, ce n'était qu'un songe. Je ne sais pas comment j'ai pris ma décision. Sans doute en ayant déconnecté mon cerveau quelques secondes. Lorsque j'ai repris contact avec la réalité, la balance avait penché du côté de ma mère. Il n'est pas question de lui donner une chance de s'expliquer, encore moins de s'excuser, mais si j'ai des choses à apprendre, je préfère qu'elles viennent d'elle plutôt que des journalistes. Je ne descends pas tout de suite, j'attends le signal, le moment où mon corps se redressera de lui-même et me fera traverser la chambre. Je le laisse décider, il sait mieux que moi.

Encore une heure. Le froid a eu raison de la patience des journalistes. Quelques-uns, plus tenaces, regardent du côté de ma fenêtre, sans grand espoir de prendre la moindre photo ou de noircir un papier digne de ce nom. Même si la dignité n'est pas leur préoccupation première.

Je me sens nerveuse, mais prête. Je ne vais ni flancher ni m'énerver. Je comprends seulement maintenant que tout ce temps passé à attendre ici a servi à me préparer psychologiquement, à emmagasiner suffisamment de courage pour affronter ma mère. Au-delà des mots qu'elle prononcera, il y aura son regard et ce que j'y lirai. Je vais descendre de ma tour, aller la voir, l'écouter, puis remonter. Ensuite, je me recoucherai, vidée de nouveau. Lorsque mon père en avait fini avec moi, j'allais vomir. Possible que mon corps s'en souvienne.

Depuis le haut de l'escalier, j'entends des voix au rez-de-chaussée. Une porte s'est ouverte, puis refermée, laissant place au silence. Sur le palier du premier étage, je marque une pause, comme si j'hésitais encore. Ce n'est pas le cas. Je descends la dernière volée de marches et aperçois Élisa et Simon, assis à une table du réfectoire. L'esquisse de leurs sourires contraste avec l'inquiétude qui se lit dans leurs yeux. Plusieurs secondes passent avant que je ne pose la question :

— Elle est toujours là ?

— Dans la bibliothèque, au fond du couloir. Je t'accompagne.

Je suis Élisa en enregistrant tous les détails : le pantalon couleur brique qu'elle porte, son pull trop long, les murs en lambris repeints il y a peu, l'odeur de l'acrylique… Les minutes à venir feront partie des plus importantes de ma vie. Ou non. À ma mère d'en décider.

— Je te laisse là ou tu veux que j'entre avec toi ?

— Je vais me débrouiller, dis-je sans regarder autre chose que la porte qui emplit tout l'espace devant moi.

Cette fois, ce n'est plus un songe. Je n'ai plus qu'à frapper et à entrer. Derrière ces quelques centimètres de bois, ma mère m'attend. Plus de quatre mois qu'on ne s'est pas vues, elle aussi doit avoir la gorge sèche. Il faudra pourtant qu'elle parle, c'est pour ça qu'elle patiente depuis ce matin.

Lorsque j'entre, elle est assise à une table où fume encore une tasse de thé. Ses mains sont jointes devant sa bouche. J'essaye de ne penser à rien, de refouler les images qui pourraient me submerger. Je referme la porte et viens m'asseoir en face d'elle. Moins d'un mètre nous sépare. Les cheveux qu'elle a attachés la vieillissent et la sobriété de son maquillage masque mal sa fatigue. Ses yeux clignent plusieurs fois, elle aussi lutte pour contrôler son émotion. Quand elle retire ses mains, un sourire glisse sur son visage, vite réprimé afin de respecter la gravité de la situation.

— Bonjour, Maya, parvient-elle à articuler.

Je réponds par un hochement de tête non pas pour lui signifier ma haine, mais parce que aucun mot ne peut franchir le désert aride qu'est ma bouche.

— Je te remercie d'être descendue, je ne vais pas te retenir longtemps. Je suis venue pour te dire ce qui va se passer dans les prochains jours. Je préfère que ce soit moi qui te l'apprenne plutôt qu'un policier, un juge ou les journalistes.

Je remarque seulement à cet instant les rideaux tirés sur toute leur longueur. Pas un centimètre carré de fenêtre ne dépasse. Ma mère se cache, et moi avec, des téléobjectifs qui pendent au cou des vautours. Elle prend une dernière inspiration avant de tout déballer.

— Je vais déposer plainte contre ton père pour les viols qu'il t'a fait subir. Il n'échappera pas à la prison. Enfin, j'espère. C'est trop tard, je sais, et impardonnable pour une mère. Je suis tout aussi coupable que lui et le moment est venu de payer. Quand je sortirai d'ici, j'irai tout raconter à la police. Un de tes éducateurs m'a dit que tu ne suivais pas l'actualité, mais sache que toute la presse s'est emparée de ton histoire. Son arrestation va faire la une des journaux, on cherchera à voler des photos de toi, de moi, les gens parleront à tort et à travers et déballeront notre vie privée. Ce sera insupportable, mais on ne pourra rien faire d'autre que serrer les dents. L'important, c'est que ton père soit condamné et que ta souffrance soit reconnue.

C'est peut-être un songe, finalement. J'avais anticipé pas mal de possibilités, mais pas celle-là. Ma mère, tellement fière de son mari, tellement soumise, à en avoir perdu toute personnalité ! Jamais je n'aurais pensé qu'un jour elle se retournerait contre lui.

— J'ai refusé de voir le mal qu'il te faisait et j'ai cru qu'on pourrait continuer à vivre avec nos mensonges, ce qui, au final, n'est rien d'autre que de la lâcheté. Le temps apaisera peut-être ta colère, mais, si ce n'est pas le cas, je l'aurai méritée. Aujourd'hui, seules deux choses m'importent : que la justice soit clémente avec toi et que tu parviennes à te reconstruire pour être enfin heureuse.

S'ensuit un long regard que l'on échange, le dernier, semblable à ce qu'on dit des ultimes secondes d'une vie, cascade de scènes défilant en accéléré. Intense et douloureux, foudroyant sur place le peu de forces qu'il nous reste.

Je ne sais pas comment je parviens à me lever. Je l'observe encore, choisis l'image que j'emporte d'elle, puis fais demi-tour. Je n'entends pas le bruit de la porte que j'ouvre et referme, je ne vois personne sur le chemin qui monte à ma chambre, je n'ai pas davantage la notion du temps qui s'écoule. Une fois mon lit réintégré, je dois me persuader que cette rencontre a bien eu lieu. Je n'ai pas pu inventer que ma mère allait déposer plainte. À cet instant seulement, je sens les larmes couler sur mes joues, j'entends mes sanglots, les mêmes que je laissais échapper quand mon père quittait ma chambre ou la salle de bains. Je redeviens petite fille et j'ai peur. Ma carapace, que je croyais indestructible, vient de se fendre.

Il fait nuit. J'ai froid et tire la couette sur moi. Dehors, une voiture démarre. Ma mère est en route pour remettre de l'ordre dans nos vies. Lorsque mes sanglots se calment, j'essaye d'ouvrir les yeux, en vain. Mon corps dit stop. Ma respiration ralentit, je pars. Je ne sais pas où. On verra.

29.

J'ai passé la journée de dimanche à lire et à dormir. Je n'ai vu personne, à part Simon qui m'a apporté mes repas. Je n'ai toujours pas rallumé mon portable, pour ne pas être tentée de consulter mes messages. J'apprivoise la solitude.

J'ai terminé *Le Rouge et le Noir* ; comme c'était prévisible, Julien Sorel a fini décapité. La chute de l'ambitieux a été presque aussi rapide que son ascension. Dans la foulée, j'ai dévoré *Le Vieil Homme et la mer*, pas beaucoup plus gai. Hemingway est peut-être un grand auteur, mais il fout le bourdon.

Lire m'aide à éloigner le spectre de mes parents. Ce n'est pas simple, ils s'immiscent dans mes pensées sans prévenir. Je lutte pour les faire disparaître, c'est un combat usant qui me tient éveillée jusque tard dans la nuit.

Ce lundi 24 décembre, ce n'est pas la lumière du jour qui m'a tirée du sommeil, mais le bruit de ma porte qu'on a ouverte. À cause des rideaux fermés, je ne discerne qu'une silhouette. Je ne panique pas, elle m'est familière.

— Comment te sens-tu ?

Avant de répondre, j'essaye de reprendre contact avec la réalité. J'ai dormi trop longtemps et mélange les souvenirs ; je revois Lucien sur la falaise, le lieutenant Gary dans son bureau, le procureur Le Goff et le juge Ellaz au TGI de Rouen, ou encore les journalistes devant le foyer. Ma mère, dans la bibliothèque, n'arrive qu'en dernier.

— Quelle heure est-il ?

— Midi.

Élisa m'explique qu'elle est passée à plusieurs reprises toquer à ma porte. Elle est entrée deux fois pour voir si j'allais bien, je n'ai rien entendu.

— Tu dois avoir faim !

Ce n'est pas la sensation qui me vient en premier. J'ai plutôt envie d'une douche et de respirer un air frais. Celui qui circule dans ma chambre est vicié.

— Le cuistot s'est lâché : filets de sole aux langoustines, sauce normande ! Tu ne veux toujours pas manger avec les filles ?

Juste une douche et respirer, on verra après.

— OK, je te laisse émerger. Si tu veux descendre, on déjeune dans une demi-heure. Sinon, je te monterai un plateau. Au fait, le numéro de téléphone que tu as demandé est sur la table.

Élisa est une boule d'énergie, alors que je fonctionne au ralenti. Il me faut plusieurs secondes pour comprendre de quoi elle parle ; la porte se referme sans que j'aie pu la remercier.

En me levant, je trouve le numéro de téléphone écrit sur un Post-it. Il y a un nom, probablement celui de la famille d'accueil. Je rebranche mon portable et compose le numéro en priant pour ne pas tomber sur une boîte vocale.

— Allô ?

Je ne reconnais pas la voix, seulement une vieille chanson de Nino Ferrer que diffuse une radio.

— Bonjour, je suis Maya Letellier. On m'a donné votre numéro pour que je puisse parler aux enfants. Ils sont là ?

Je me rends compte en le disant que ma demande est abrupte ; mais ça va faire cinq jours que je n'ai pas entendu leur voix.

— Bonjour ! Je suis désolée, ils sont allés faire des courses avec mon mari. Et son portable est ici, il n'est donc pas joignable.

Ma déception est immense, mais je décide de rester positive. D'autant que la voix de la femme au bout du fil m'inspire une joie de vivre rassurante.

— Je leur dis de vous rappeler dès qu'ils rentrent ?

— S'il vous plaît, oui.

Au silence qui suit, je perçois un doute, une question, quelque chose qu'elle voudrait ajouter sans oser. Ces secondes de flottement suffisent à faire renaître mon angoisse.

— Je voulais vous dire, mademoiselle…

— Maya.

— Oui, Maya… Ce n'est pas politiquement correct, comme on dit… mais vous avez tout mon soutien. Vous avez assez souffert comme ça, j'espère que vous ne serez pas condamnée et que vous vivrez une vie normale. Pleine de bonheur, je veux dire.

Je ne m'y attendais pas et ne sais quoi répondre.

— Vous êtes toujours là ?

— Oui. C'est gentil, mais on verra ce qu'on décidera pour moi.

— Bien sûr. En tout cas, je croise les doigts.

Avant qu'elle raccroche, je pose la seule question qui ait encore du sens pour moi :

— Les enfants vont bien ?

— Ça va mieux. Lou a beaucoup pleuré les premiers jours, mais ce matin, elle s'est levée avec le sourire. Lucien a vomi plusieurs fois, on a dû appeler le médecin, qui a dit que c'était le stress et qu'il devait se reposer. Quant à Morgan, il a un peu de mal à tenir en place ; heureusement, il a le jardin pour se défouler. Léna, elle, s'occupe de tout le monde comme si elle était leur mère. Ils parlent tout le temps de vous, ils sont pressés de vous voir !

Je ne relève pas la maladresse, mais il y a peu de chances que je les revoie bientôt. Les enfants n'assistent pas aux procès et ne seront pas autorisés à me rendre visite en prison, je ne suis pas un parent proche. Je ne m'attends pas à mieux que de les voir sur Skype. Rien de comparable à la chaleur d'un regard, d'une étreinte ou d'un bisou.

Je la remercie et raccroche en espérant qu'ils rappelleront rapidement. Dans le silence de ma chambre, l'enthousiasme retombe aussi vite qu'il a grimpé. J'essaye de ne pas penser au réveillon de ce soir, au Noël que nous ne fêterons pas ensemble. En écartant le rideau, j'aperçois deux fois plus de journalistes qu'hier, postés comme des soldats avant l'assaut. Ma mère ne s'y est pas trompée, l'heure de la curée a sonné.

Sur l'écran de mon portable s'affichent les icônes de cinquante-trois SMS, trente et un mails et cent douze appels en absence. Ma boîte vocale doit être saturée. Je ne répondrai à personne, si ce n'est au numéro de la famille d'accueil.

J'emporte le téléphone dans la salle de bains, je ne veux pas risquer de manquer l'appel des enfants. L'eau chaude dégage assez de vapeur pour embuer la paroi, j'ai l'impression de disparaître dans un nuage. Pour être honnête, je n'y ai pas totalement renoncé. Quitter ce monde dans lequel je n'ai plus ma place. Peut-être que la petite voix ne m'en empêchera pas, cette fois. Peut-être comprendra-t-elle que c'est la seule issue.

La notion du temps m'échappe, ce qui n'est pas plus mal quand on n'a aucun projet. Lorsque je sors de la salle de bains, j'aperçois un plateau posé sur ma table. La cloche en inox, sur l'assiette, ne retient pas l'odeur de la sole et des langoustines, qui embaume la pièce. Si c'est le dernier repas du condamné, je veux bien lui faire honneur. J'exagère, j'ai juste faim, vraiment faim. Mes années d'anorexie m'ont vaccinée contre le jeûne. Ce sacrifice, proche de la mortification, est trop douloureux. Pour le corps et pour l'esprit. Au moins, là-dessus, j'ai progressé.

À 15 heures, je tourne en rond comme une lionne en cage. J'ai essayé à plusieurs reprises de rappeler les enfants, sans succès. Chaque fois, après six sonneries, je tombe sur la messagerie. Je raccroche avant le bip qui m'invite à parler. Pendant ce temps, l'écran de mon portable n'arrête pas de s'allumer, indiquant des numéros inconnus. Deux fois, j'ai répondu en pensant que c'était eux, avec le téléphone de l'homme qui les a emmenés faire des courses ce matin. Les deux fois, je suis tombée sur des journalistes qui me proposaient une interview. J'ai raccroché sans dire un mot.

Lorsqu'on frappe à ma porte, je sursaute. C'est idiot, mais je rêve, une seconde, que ce sont les enfants, qu'ils sont là tous les quatre, qu'on va se serrer dans les bras, passer le reste de la journée ensemble et rattraper les heures perdues. Ce n'est que Simon, et il n'est pas porteur de la meilleure des nouvelles :

— Le lieutenant Gary arrive pour t'emmener au tribunal. Il sera là dans dix minutes.

Je me fige ; je ne suis plus une lionne, mais une araignée prisonnière de sa propre toile. Cette fois, on y est. Le bureau du juge, la détention provisoire, mon procès, la prison. Le parcours des semaines à venir est tracé.

— Si tu ne veux pas que les journalistes prennent de photos, mets un manteau à capuche. Si tu n'en as pas, une des filles t'en prêtera un.

Sur le moment, je me dis qu'il a raison ; puis, très vite, je me moque qu'on aperçoive mon visage. De toute façon, ils ont déjà tout. Clichés volés je ne sais où, détails sordides de ma vie privée, même mon numéro de portable. Du fond de ma cellule, je ne les verrai plus, et eux m'oublieront dès que j'en aurai franchi le seuil. Je n'ai plus rien à cacher, c'est trop tard.

— J'arrive, je vais me brosser les dents.

Je ne sais pas pourquoi je pense à ça. Sans doute ai-je besoin de me sentir propre devant le juge. Ou bien s'agit-il de ne pas quitter ma chambre trop vite. Simon n'y voit pas d'inconvénient.

Dans l'escalier, des portes s'ouvrent sur mon passage. Des filles du foyer me regardent gravement, esquissent un sourire ou me dévisagent comme si j'étais un fantôme.

L'une d'elles doit être Romane. Je passe sans réagir, pressée d'en finir. En bas, Élisa et deux adultes que je n'ai jamais vus interrompent leur conversation. C'est à peine si je leur jette un coup d'œil. Je ne veux pas qu'ils me parlent, de peur de ne savoir quoi répondre.

Lorsque Simon pousse la porte d'entrée, je sens l'air frais sur ma figure. Dommage que la voiture du lieutenant soit si près et m'empêche d'en profiter. Je monte à l'arrière et ferme les yeux. Si les journalistes veulent prendre des photos, ils n'auront sur leurs clichés que le visage d'une morte.

30.

Les couloirs du TGI sont particulièrement agités, j'ai entendu quelqu'un dire que c'était Noël qui voulait ça. Sur le parking, une cinquantaine de journalistes attendaient ; ceux qui faisaient le pied de grue devant le foyer sont venus grossir les rangs. Ils sont là pour moi, à cause de mon histoire qui a pris une ampleur nationale. Pourtant, je ne suis personne, juste une victime qui s'est défendue. C'est peut-être ce qui les intrigue ; ils se demandent si je ne suis pas le point de départ d'une insurrection. Qu'ils ouvrent les yeux et regardent autour d'eux : ils la verront, la joyeuse confrérie des martyrs silencieux ! Et qu'ils ne s'y trompent pas, tous les enfants victimes de violences, toutes les femmes violées ont eu, à un moment ou à un autre, envie de tuer leur bourreau.

Cette fois, on n'attend pas pour entrer dans le bureau du juge. Il n'est pas là, mais il va arriver. Me Dampierre nous a rejoints et tente de masquer sa nervosité avec des sourires qui sonnent faux.

Je n'aime pas ce bureau. Il est froid, impersonnel et en désordre. À moins que tous les bureaux de juge le soient, mise en scène austère pour pousser les prévenus aux aveux. Je me demande si ma mère a vraiment déposé plainte contre mon père. Elle semblait déterminée, mais au moment de tout déballer, de jeter en pâture sa vie, la mienne et celle de mon père, peut-être a-t-elle eu peur des conséquences ? Je ne pourrai pas la haïr davantage, j'ai déjà donné tout ce que j'avais.

Il est 18 heures et la nuit est tombée lorsque le juge Ellaz arrive, accompagné de sa greffière. Comme d'habitude, il n'a pas de temps à perdre. Même si je me suis préparée à cet instant, je ne peux pas faire autrement que de me liquéfier à chaque seconde qui passe. Elle a l'air maligne, la petite criminelle, mortifiée sur sa chaise !

— Mademoiselle Letellier, il s'est passé beaucoup de choses depuis jeudi, votre affaire a pris des dimensions inattendues.

J'ai du mal à le regarder dans les yeux et ne suis pas sûre d'entendre tout ce qu'il me dit, comme si une frontière invisible nous séparait. J'attends qu'il prononce les mots « procès » ou « détention », les seuls qui comptent.

— Peu importe, ce n'est pas ce qui a motivé ma décision. Je vous ai fait venir ici pour vous dire qu'au vu des pièces de votre dossier vous êtes toujours mise en examen, mais vous n'êtes plus sous contrôle judiciaire. D'abord, parce que l'enquête des policiers et le rapport d'autopsie confirment que vous avez agi en état de légitime défense ; ensuite, parce que aucun des témoignages que j'ai lus ou entendus ne vous décrit comme une meurtrière. C'est même tout le contraire, et probablement ce qui provoque un tel émoi dans le pays. Votre dossier est toutefois loin d'être clos ; vous serez soumise à une expertise psychiatrique, à une enquête de moralité et à d'autres choses qui devraient prendre quelques mois. En ce qui concerne la dissimulation du corps, il s'agit d'un délit, mais je considère que ce n'est pas pour échapper à la justice que vous l'avez fait. Ça n'aurait pas de sens de vous condamner pour ça, d'autant que Mlle Léna Archin a été claire : ce sont les enfants qui vous ont suppliée de vous occuper d'eux pour leur épargner le foyer.

Mon regard vient d'accrocher le sien. J'ai peur, soudain ; c'est eux qu'il va faire enfermer !

— Rassurez-vous, il n'y aura aucune poursuite contre eux. Quant à la plainte déposée par votre mère à l'encontre de votre père, elle vous place d'office en qualité de victime. Une victime qui devra être indemnisée. Ça n'a rien de très chaleureux, dit comme ça, et je suis bien conscient que c'est dérisoire en contrepartie des souffrances que vous avez endurées, mais il est important qu'il y ait procès et condamnation. Pour vous, parce que c'est un passage nécessaire pour vous reconstruire, et pour toutes celles que vous représentez, non ? L'épreuve sera douloureuse, aussi je vous suggère de vous y préparer dès maintenant.

Il s'arrête et me fixe sans que je sache si je dois répondre quelque chose.

— Avez-vous des questions ?

Je secoue la tête comme si tout était limpide, mais il n'est pas dupe.

— Votre avocat vous réexpliquera tout ça, ne vous en faites pas, ajoute-t-il en regardant sa montre. Le procureur va bientôt faire une déclaration qui devrait retenir les journalistes un moment, profitez-en pour partir discrètement.

Le conseil s'adresse à moi, mais aussi au lieutenant Gary et à Me Dampierre. Je me lève comme un robot et suis les deux hommes dans les couloirs du TGI. Me Dampierre me parle, mais sa voix semble irréelle.

— Ayez confiance, mademoiselle Letellier, je ne vois pas comment le juge pourrait faire autrement que de rendre un non-lieu. Ça va prendre quelques semaines ou quelques mois, mais vous resterez libre. Il n'y aura pas de procès, votre calvaire s'arrêtera là.

Il croit à ce qu'il dit, il en est même sûr. Pourtant, je ne peux pas m'empêcher de penser que tout ça n'existe pas. Un film défile devant mes yeux, je dors encore ou je suis déjà morte. C'est ça, j'ai sauté, mercredi soir, du haut de la falaise du cap Fagnet.

— Vous allez y arriver, Maya. Vous êtes une battante, alors continuez à vous battre. J'ai cru comprendre que vous vouliez devenir architecte. Construisez, bâtissez ; voilà exactement ce qu'il vous faut. Vous ferez ça mieux que personne. Et regardez loin devant vous, c'est comme ça qu'on avance.

Il s'arrête et me tend la main. Nos chemins se séparent ici pour aujourd'hui. Avant de partir, il me glisse qu'il peut aussi s'occuper de l'affaire qui m'opposera à mon père, à moi de voir.

— Joyeux Noël, mademoiselle !

L'instant d'après, il n'est plus là.

— On y va ?

Le lieutenant Gary aussi est pressé. Je le suis vers une porte de service. Il connaît suffisamment bien les lieux pour savoir éviter les journalistes. À l'autre bout du parking, des flashs crépitent et des halogènes éclairent la cour intérieure où le procureur s'apprête à faire sa déclaration.

Dans la voiture qui nous ramène à Fécamp, le lieutenant me fait la conversation, en prenant soin de ne pas aborder l'affaire Maya Letellier. Il me parle de ses enfants qu'il va retrouver ce soir, des deux chatons que le père Noël va leur apporter cette nuit, mais chut ! c'est une surprise. Ce trajet en voiture est tellement surréaliste que je ne m'aperçois pas qu'on n'est plus sur la route du foyer. Je me laisse conduire, sans regarder les panneaux. Il est policier, il sait ce qu'il fait.

Une demi-heure plus tard, la voiture s'arrête devant un portail ouvert. Il y a des guirlandes sur un sapin, et des décorations de Noël illuminent un chemin jusqu'à une grande maison à étage.

— On y est, des gens t'attendent.

— Je ne connais personne, ici.

— Je crois bien que si. Joyeux Noël, Maya !

Je comprends en même temps que mon ventre se noue et que les larmes perlent dans mes yeux. Je ne le remercie pas suffisamment du cadeau qu'il me fait, ma tête est déjà ailleurs. Je cours sur le chemin, grimpe les marches qui mènent au perron et frappe à la porte. Une femme m'ouvre. Je ne l'ai jamais vue, mais je sais qui elle est pour lui avoir parlé plus tôt dans la journée au téléphone.

— Je suis Maya, dis-je précipitamment.

— Oui. Entrez, ils vous attendent.

Elle s'écarte, me présente son mari, puis désigne une double porte que je n'ai plus qu'à pousser. Je respire profondément, avant de tendre les mains devant moi ; la seconde d'après, je tombe à genoux, terrassée par l'émotion. Toutes les larmes de mon corps jaillissent en même temps. Ils sont là, au milieu de dizaines de paquets-cadeaux. Lucien est le premier à se jeter dans mes bras, puis Lou, Léna, et enfin Morgan. On pleure, on rit, on crie ensemble, on s'aime comme jamais. Le reste n'a pas d'importance.

Sept mois plus tard

La plage, en contrebas, n'est pas encore bondée. Ça viendra, à partir de 10 heures et surtout cet après-midi. Il vaut mieux en profiter le matin pour être tranquille, et il y fait moins chaud. D'autant que monter jusqu'ici est un vrai défi sportif. Une fois au sommet, chacun résiste comme il peut à l'envie de tout dévaler jusqu'à l'océan. Les enfants ont tenu une minute avant de se jeter dans la pente. Morgan est allé presque jusqu'en bas sans tomber ; les autres, emportés par leur élan, ont fait des roulades sur plusieurs mètres. D'où je suis, je devine la tonne de sable dans leurs cheveux et sur leurs visages en sueur. Ils sont étourdis, mais heureux ; on entend leurs rires à des kilomètres. Je fais une pause et profite du panorama, je les rejoindrai après.

La dune du Pilat est sans conteste une merveille de la nature. On marche sur sa crête comme sur celle d'une montagne, à la différence que, ici, aucun risque de s'envoler. Ce n'est de toute façon plus dans mes projets, trop de choses se sont passées. Le procès de mon père et sa lourde condamnation. La justice a, semble-t-il, voulu faire un exemple : douze ans de prison et vingt mille euros d'amende. Il n'a pas fait appel. Mon témoignage et les preuves fournies par ma mère ne lui ont laissé aucune chance. Il a reconnu les faits, répondu à toutes les questions des juges et a accepté de suivre une thérapie en prison. Il dit avoir pris conscience du caractère abominable de ses actes. C'est lui qui a choisi le mot. Je ne lui pardonne rien, mais au fond de moi surnage un soupçon de pitié. Il reste mon père. Il y a encore quelques mois, je n'étais que colère et dégoût lorsque je pensais à lui. Aujourd'hui, je prends la mesure de tout ce gâchis ; on devrait avoir de bons souvenirs, tous les deux, des photos où l'on rit ensemble, où l'on se serre dans les bras ; je devrais être fière de lui, l'appeler pour lui demander des conseils ou simplement pour bavarder. Au lieu de ça, des pages noires racontent notre histoire et nous n'avons aucun avenir en commun. Je n'irai pas le voir en prison, je ne lui écrirai pas, je ne lirai pas ses lettres s'il m'en envoie. Du moins, pas avant des années.

Ma mère aussi est en prison. Six mois, assortis de deux ans avec sursis pour non-dénonciation de crime sur mineure. Là aussi, la peine est exemplaire. Son avocate a dit qu'elle avait besoin d'expier et ne ferait pas appel. Elle en a profité pour insister sur le fait que, en France, la notion de dénonciation devait être éclaircie et expliquée pour ne pas être confondue avec la délation. La première est un devoir, la seconde un déshonneur. Elle a regretté que les témoins soient aussi démunis devant un crime commis par un proche. Elle a souligné la difficulté à se trouver responsable de l'implosion de sa propre famille, à rendre publique une honte qu'ils traîneront à jamais derrière eux. Ces gens sont seuls face à leur dilemme et perdants dans tous les cas. Entre trahison et lâcheté, ils doivent choisir. Pendant le procès, des milliers de témoignages ont afflué de toute part. Si le débat semble lancé, il reste des solutions à apporter.

Ma mère a fourni des preuves accablantes : un morceau de drap, taché de mon sang et du sperme de mon père ; une vidéo où on le voit entrer dans la salle de bains et où on entend mes sanglots derrière la porte ; une photo prise de loin avec un portable, où on l'identifie clairement couché entre mes jambes. Pendant des années, elle a conservé ces preuves sans en parler à personne. Je ne la plains pas, mais elles devaient ronger sa conscience. Me voir accusée du meurtre d'un violeur l'a décidée à les donner à la police. Peut-être les aurait-elle détruites si j'avais simplement disparu de leur vie ? Je reste convaincue qu'elle savait qu'en les montrant elle n'échapperait pas à une condamnation. Je ne l'excuse pas plus que mon père, mais lui reparler sera sans doute plus facile.

Pendant le procès, un verset biblique a résonné dans le silence de la salle d'audience. Que Dieu lui pardonne. J'ignore s'il m'était destiné, s'il s'adressait à l'un de mes parents, à Félix ou à Mme Kazan, puisqu'on a aussi parlé d'eux. Peut-être à nous tous, avec des intentions différentes.

Je n'ai plus beaucoup de famille. Ma tante Hélo est la seule à m'appeler de temps en temps ; pour les autres, je suis le caillou dans la chaussure, victime d'inceste, certes, mais coupable d'avoir envoyé un frère, une sœur, un fils ou une fille en prison. J'ai tiré un trait sur eux tous, ils ne me manqueront pas. Mon clan, ce sont les enfants, même si on ne vit plus sous le même toit. Leur première famille d'accueil, celle qui nous a permis de fêter Noël ensemble, était provisoire. Dès la rentrée de janvier, une autre, dans la banlieue de Bordeaux, s'est proposée pour les prendre tous les quatre. Elle, ancienne professeure de français, lui, dessinateur de bandes dessinées, l'entente a été immédiate. Lou et Morgan se sont vite acclimatés, ç'a été plus compliqué pour Lucien et Léna. Probablement parce qu'on avait vécu des choses plus intenses, tous les trois. On a des secrets qui nous lient à jamais, des souvenirs gravés dans le marbre. Les premières semaines, ils me téléphonaient tous les jours ; après les vacances de février, les appels se sont espacés et ils ont fini par trouver leurs repères. Aujourd'hui, je sais qu'ils sont heureux. Lucien ne vomit plus, Lou ne se réfugie plus dans un monde imaginaire, Morgan brille à l'école et a découvert le surf ; quant à Léna, elle dessine, peint et sculpte des œuvres d'une maturité étonnante. Ils sont entourés d'amour et en redonnent, c'est sans doute cela, la recette du bonheur. Hier, ils ont même parlé de leur mère, avec calme et lucidité. Ils font leur deuil, peu à peu.

Si nos chemins se sont quelque peu séparés, ils peuvent toujours compter sur moi. Je viens d'emménager au sud de Bordeaux, dans un trois-pièces à deux pas de l'ENSAP. C'est l'école d'architecture que j'intègre à la rentrée. Tout le monde se demande comment j'ai pu avoir le bac avec mention, réussir les entretiens préalables et être acceptée dans une école aussi prestigieuse, alors que je subissais de plein fouet le choc des procès de mes parents. C'est simple, travailler m'empêchait de sombrer dans la dépression. Je me souviens qu'un matin j'ai témoigné des viols de mon père et, dans l'après-midi, rédigé les trois pages de ma lettre de motivation. Me Dampierre avait vu juste : « Construisez, bâtissez ; voilà exactement ce qu'il vous faut », avait-il dit dans les couloirs du TGI de Rouen.

Il avait aussi raison à propos du juge Ellaz. Le 26 février, la veille de mes dix-huit ans, je suis retournée dans son bureau pour m'entendre confirmer qu'il allait rendre une ordonnance de non-lieu. La décision a été saluée par le collectif de personnalités qui m'avait soutenue à Noël et par des milliers de femmes anonymes partout en France. J'ai quitté le foyer et les filles avec qui j'ai fini par devenir amie, dit adieu à Fécamp et trouvé un meublé dans un village de Dordogne. Là, j'ai repris mes études par correspondance, cachée du monde.

Je vois toujours Maureen et Clara, elles vont venir passer une semaine chez moi, début août. Je partage aussi de longues discussions par Skype avec Déborah, que je ne remercierai jamais assez de son écoute bienveillante. C'est en elle : elle est une bonne personne, il n'y a pas plus simple comme définition. On se reverra, comme avec Noun, qui présente un spectacle musical un peu partout en France.

J'ai aussi eu des nouvelles de Jon Snow, mon apprenti pêcheur de harengs. Il s'est excusé mille fois de ne pas avoir deviné combien j'avais souffert durant mon adolescence. J'ai tenté de le rassurer en lui disant que j'étais une experte en dissimulation, ça n'a pas suffi. C'est moi qui ai proposé qu'on se revoie ; si je suis encore en mesure de vivre une histoire d'amour, j'aimerais que ce soit avec lui.

Avant de rejoindre Lou, Lucien, Morgan et Léna, j'ai une pensée pour toutes les femmes, les filles, tous les enfants qu'on insulte, frappe et viole chaque jour. Les chiffres sont édifiants dans un pays qui se dit développé et se croit moderne. Combien d'affaires comme la mienne faudra-t-il avant qu'on protège ces victimes silencieuses ? Ces crimes sont connus de tous, mais ne constituent pas une priorité pour les gouvernements qui se succèdent. C'est indigne. Quand on ne lutte pas contre la barbarie, on en est complice.

En ce jour d'été, je tire un trait sur mes deux premières vies ratées pour en entamer une troisième. La bonne, cette fois.

— Attendez-moi, les mômes ! Moi aussi, je sais dévaler les pentes en riant !

Remerciements

Immense merci à XO Éditions de m'avoir accueilli dans la famille. Je me souviendrai toujours de ce rendez-vous, surréaliste pour moi, au 47e étage de la tour Montparnasse, avec Bernard Fixot, Édith et Renaud Leblond. Tout paraît tellement simple avec vous.

Merci également à Sarah Hirsch, qui a relu ce roman et m'a aidé à le peaufiner. Toujours pertinente, efficace et chaleureuse. On en fera d'autres, j'espère.

Merci aussi à Séverine Desbrosses, ultime relectrice, qui sait toujours trouver le mot juste. Comme quoi un roman abouti ne se fait pas tout seul !

Certains personnages de ce roman existent vraiment. Déborah est telle que je l'ai décrite, bienveillante, profondément humaine. Noun aussi (allez chercher les musiques de Noun Yaré sur Internet, vous verrez par vous-même). Quant à Maureen et Clara, si je me suis permis quelques libertés, je ne crois pas m'être trompé de beaucoup. Des filles bien, avec du cœur.

Merci enfin à mon père pour sa relecture précieuse, comme chaque fois, chapitre après chapitre ; à ma mère, qui a toujours aimé cette histoire ; à ma femme pour le premier avis, celui qui compte ; à mes filles, qui commencent à comprendre que, quand je travaille, je ne peux pas faire un dessin ou taper le code de la tablette ; et à tous ceux qui attendaient que j'écrive un nouveau roman.

Je fais part enfin de mon désarroi à toutes les femmes et tous les enfants victimes de violences, ainsi que de mon incapacité à lutter contre cette maltraitance autrement qu'à travers ce livre. Reconnaître votre souffrance ne suffira pas. S'il existe des lois, il faudra la volonté de les appliquer et des moyens financiers pour vous sortir de votre enfer.

Composition et mise en pages
Nord Compo à Villeneuve-d'Ascq

Achevé d'imprim
sur Roto-Page
par l'Imprimerie Floch
à Mayenne
en décembre 2020

N° d'édition : 4246/01 – N° d'impression : 97425
Dépôt légal : janvier 2021

Imprimé en France